Praise for
Dreams in Times of War /
Soñar en tiempos de guerra

"Oswaldo Estrada recreates an urgent world in which car bombs explode, farm workers sing like Lila Downs, and passports are clenched like talisman. The moral compasses of his characters illuminate new ways of being for us all. These aren't just gorgeously composed stories. These are searing acts of narrative justice."

—Stephanie Elizondo Griest, author of *All the Agents and Saints: Dispatches from the U.S. Borderlands*

"We hear in these piercing stories that 'life's not all work' and that the migrating world is full of people trying to piece together their complicated lives so far from home. *Dreams in Times of War* testifies honestly to desperation, affirmation, aggression, venality, and love—all the complications that come with the cost of living."

—Manuel Muñoz, author of *The Consequences*

"In these stories, Estrada walks alongside those immigrants who, suffering violence or war in their countries, left everything to find a new life and, above all, to find the peace so necessary to continue and recover their humanity."

—Carlos Villacorta Gonzales, author of *Alicia, esto es el capitalismo*

"The characters in these stories are Latin American immigrants who moved to the US United States and are clinging to their dreams after crossing several physical and symbolic borders. They are, among others, a Peruvian child traveling alone on a plane who will not see his mom again because he forgot to step with his right foot when exiting the plane, a Mexican weed whacker that transforms yards into the Garden of Eden, a divorced professor in Chapel Hill, and a woman with a reputation as a witch because she seduces her stepson a few years after arriving to the US. . . . They all conform to an amalgamation of different migrations that deal with struggles, traumas, displacement, racism, cultural shock, violence, and discrimination."

—Sara Cordón, author of *Para español, pulse 2*

Dreams in Times of War

Encrucijadas/ Crossroads Series

SANTIAGO VAQUERA-VÁSQUEZ, Series Editor

Encrucijadas/Crossroads seeks to publish intersectional, trans-American, and transnational Latinx works of fiction, nonfiction, and poetry that build connections between and across the Americas. The series publishes border crossing works that disrupt and destabilize borders. The series will include original books in English, translations that bring important work into English for the first time, and bilingual editions.

Dreams in Times of War

stories

OSWALDO ESTRADA

translated by SARAH POLLACK

University of New Mexico Press — Albuquerque

© 2025 by Oswaldo Estrada
All rights reserved. Published 2025
Printed in the United States of America

Library of Congress Cataloging-in-Publication Data
Names: Estrada, Oswaldo, author. | Pollack, Sarah, 1976– translator.
  | Estrada, Oswaldo. Dreams in times of war. | Estrada, Oswaldo.
  Dreams in times of war. Spanish.
Title: Dreams in times of war: stories = Soñar en tiempos de guerra:
  cuentos / Oswaldo Estrada; translated by Sarah Pollack.
Other titles: Dreams in times of war (Compilation) | Soñar en tiempos de
  guerra
Description: Albuquerque: University of New Mexico Press, 2025. | Series:
  Encrucijadas / Crossroads | "A first version of this book was published
  as Las locas ilusiones y otros relatos de migración (Axiara, 2020)"—
  Acknowledgements. | In English and Spanish.
Identifiers: LCCN 2024038400 (print) | LCCN 2024038401 (ebook) |
  ISBN 9780826367693 (paperback) | ISBN 9780826367709 (epub)
Subjects: LCSH: Estrada, Oswaldo—Translations into English. | Estrada,
  Oswaldo—Translations into Spanish. | LCGFT: Short stories.
Classification: LCC PQ7079.3.E78 D7413 2025 (print) | LCC
  PQ7079.3.E78 (ebook) | DDC 863/.7--dc23/eng/20241023
LC record available at https://lccn.loc.gov/2024038400
LC ebook record available at https://lccn.loc.gov/2024038401

Founded in 1889, the University of New Mexico sits on the traditional
homelands of the Pueblo of Sandia. The original peoples of New
Mexico—Pueblo, Navajo, and Apache—since time immemorial have
deep connections to the land and have made significant contributions
to the broader community statewide. We honor the land itself and
those who remain stewards of this land throughout the generations
and also acknowledge our committed relationship to Indigenous
peoples. We gratefully recognize our history.

Cover photograph by Luis Carrasco Abad
Designed by Isaac Morris
Composed in Adobe Caslon, Mach, and TT Autonomous

For those of us who came together
without anyone calling us

Exiles

They're here and there: passing through,
nowhere really.
Every horizon: wherever an ember beckons.
They could move toward any crack.
There is no compass, no voices.

They cross deserts that the fierce sun
or frost burns
and infinite fields without a limit
to make them real,
that could almost turn them into land and pasture.

A gaze lies down like a dog,
without the sweet recourse of a wagging tail.
A gaze lies down or recedes,
pulverized by the air
if no one returns it.
It can't return to blood or reach
the one it should.

It simply dissolves.

—Ida Vitale
Trans. Sarah Pollack

Contents

Preface   xiii

Dreams in Times of War   1
The Weed Whacker   11
The Last Border   18
Assisted Living   22
A Sip of Benadryl   28
One's Illness   31
Under My Skin   36
The Sleep of Reason   46
The Swings   52
Cats and Dogs   58
Help Wanted   66
My Father's Hands   75

Acknowledgments   81

Soñar en tiempos de guerra / Textos en español   83

Preface

Since I was a boy, I've had the bad habit of inventing other realities, twisting together the threads of my own life, the dreams of others, and the passions and restlessness of those who seek new horizons. I'd do this on my way to school, in Lima, wandering the streets under the eternal mist, imagining the lives of street vendors, men in coats and ties at the bus stop, money changers, or women carrying children on their backs, transporting the weight of their lives on rickety tricycles or carts. My grandmother loved my stories, how at lunchtime I'd imitate the neighbors and characters from the market, making up situations with a wealth of details as if they'd happened to me. And she fueled my fantasies with stories that her grandfather told her in a small town lost in the Andes, where each man and woman was conspicuously distinct, where the living conversed with the dead and children played in a river of diaphanous waters by the Corellama Bridge. These stories saved me when I arrived in the United States. In order to not feel so lost in my second language, I'd recreate tales and scenarios where characters from the present and the past shared the same space in peace and at war. I'd nourish my dialogues with the voices I heard at school, those of the newly arrived from Mexico or some corner of Central America, and in my notebook I'd try out sentences from a novel world that sometimes seemed to be ours. With these voices I've built castles of smoke in cities of transit. Little paper houses determined not to collapse, even when the wind blows against them and shakes their foundations where those from elsewhere always find shelter.

DREAMS IN TIMES OF WAR

Leaving is no problem. It's exciting actually; .
. . it's a drug. It's the staying gone that will kill
you.

—Daniel Alarcón, "Absence"

THOSE DAYS WERE UNCERTAIN. Full of shadows and eternal nights. Lit by kerosene lamps and thin, lean candles. The electricity would go off when the main characters of the soap opera were about to kiss, and people would grab any containers they could lay their hands on to fill them with water. Pots and jugs, plastic buckets and bottles, before the pipes were completely dry. We dreamed about going far away. In a train or boat, but especially by plane. To see the world from the sky.

"I'm going to show up at the consulate until they get sick of me. Those gringo pricks will give me a visa, if only to never have to lay eyes on me again. They can give me one that's good for a week. For a day, if they want. I swear to God, I'll pack my stuff and leave forever."

Uncle Lucho was like that. He wouldn't admit defeat, even though they'd already rejected his visa application four times.

"What makes you think they'll give it to you this time?" Aunt Elisa asked, trying to make him come to his senses.

He had a gut feeling. He wanted to leave like the other hundreds and thousands who'd fled to the United States, Spain, and Japan.

"If they don't open the door for you, you'll get in through the window," a Chilean fortune teller had promised him, two years earlier in Miraflores. "Your destiny is over there. I see it in the cards. You'll leave, and you won't come back."

That's why he assured me over lunch that our future awaited in Los Angeles or New York.

"We have family there," he argued passionately. "Friends. And you have an American passport, sobrino. A safe conduct out of this inferno."

I knew I had been born in the United States, but the probability of moving there was remote. What money did we have to undertake that journey? My father lived there somewhere, but he was a ghost, a myth. Only once or twice a year did he send a one-hundred-dollar bill to his mother's house, wrapped in aluminum foil, to cover six months of late child support. What money did we have, if my mother already had to work wonders to stretch her salary? Teaching English at a private school. Tutoring at students' homes. Coming up with summer courses in order to buy our school supplies, uniforms, and shoes to start the year.

These were times of war. We stood in endless lines to get a few staples every two weeks or once a month. We drank powdered milk and ate government-issued bread. Paltry and brown. We walked quickly, glancing all around us. Always careful not to miss curfew. Fearful that the next bomb might explode on our street. Or in front of the police station. At the door of the school.

"Why don't we leave, Mamá?"

"Life over there isn't as easy as your uncle makes it out to be," she'd answer uneasily, distant. Without leaving an opening for my rejoinder. If she hadn't been able to make it with her teenage sweetheart by her side, how would she start from zero now, separated and with two children?

I knew the story by heart. My father's job parking cars at a restaurant. Their arguments. Their few moments of leisure. Watching films from inside their car at the drive-in movies. Or eating hamburgers with other Peruvians who were in the same boat. Or worse. Living collectively, working like animals. I'd heard the story so many times that I could picture them at twenty, in their pitched battle. Alone. Facing extreme weather. And my mother crying, wanting to return. Regretting having left her studies in Lima to follow him. Walking down a long avenue with a belly seven, eight, nine months swollen. Struggling because she didn't know how to do anything. Or scared of doing it all wrong.

I knew it, and it pained me. But I continued my campaign, like an unhealthy obsession. Adapting my pleas, my promises, solving every problem like Punky Brewster or Webster, the kids in the American series we loved from afar.

"Let's go, Mamá. I can work too. Over there, kids earn money helping old people at the supermarket, selling lemonade in front of their houses, washing their neighbors' cars. And you speak English. You can work anywhere."

She always told me the same thing. That I should let it go. That I should leave her alone. Until the day we went back to live with her parents, and she promised to renew my passport. So I'd quit nagging. Or because deep down it's what she actually wanted, although it terrified her to return to a tiny apartment like the one where she'd learned how to suffer in excess.

After so many years it wasn't easy to prove at the American consulate that the newborn in the photograph was me. Because they'd broken up and gotten back together every three or four months, coming and going from her parents' house to her in-laws', fighting almost to death over a Panasonic TV—the only material item left from their time in Anaheim—my parents had forgotten to legally register my birth outside of the country.

"He's American," they mentioned with pride at every family gathering, as if my footprints on a foreign document could deliver me from all evil.

"Any day he likes, he'll catch a plane and leave," Uncle Lucho pronounced, winking at me in total complicity.

I agreed with my uncle, a lanky man with coke-bottle glasses and a half-balding head. A dreamer like no other. That's why I told my friends that any day now I'd be leaving. That maybe next year I'd no longer be with them.

"You're so lucky," Amelia would say, when she heard my plans in the schoolyard. "What I wouldn't give to be born over there in your country, and not in Huancayo."

I liked her freckles, her colored pencils, that sweet little Andean voice of hers. We laughed together about everything. About our civics teacher, Profe Ordóñez, who showered us with spit whenever he taught class, or González, the fat and happy gym teacher whose T-shirt always hiked up above his navel.

"I'll write you every month," I promised. "And when I come back on vacation, I'll bring you a suitcase full of presents."

"You swear to me, Saravia?"

I never imagined how hard it would be to renew my American passport. Or to leave Peru after having lived there illegally for almost fourteen years.

"Illegally?"

"Yes, ma'am," the immigration agent restated. "Your son entered the country with a ninety-day permit."

"That's ridiculous. We're Peruvian."

"If you want to legalize his status, you'll have to pay the back taxes accrued during all these years."

My mother had a panic attack when she calculated the millions of intis she owed for not registering me in time.

"If only we'd stayed there," she suddenly sighed. "If I'd been more daring. We'd have a different life. We'd be independent."

And between sobs, she'd convince herself all over again that she'd done the right thing.

"How could I have stayed there alone, and with a sick child? Your brother wouldn't have been born. You would have grown up without your grandparents. With me working all day, doing who knows what, and you in day care. Or in the hospital. With tubes and masks so you could breathe."

It was my fault. Or Uncle Lucho's, for having put ideas in my head. And I'd have to pay, and be stuck here forever. Like my brother, who had been born on native soil. Like all my friends who dreamed of moving to the United States to visit Disneyland, to climb up and down the streets of San Francisco. I'd be stuck without eating pizza on a street corner, standing in the freezing cold. Without yelling for a cab in a city full of great big buildings. Without ever boarding a yellow school bus.

I cursed the day it had crossed my mind that we could leave. If our situation had been tight before, now we owed the goddamned State. And just for having been born in a gringo hospital.

My brother consoled me, as if they'd soon cart me off to jail. He gave me his animal crackers. His stickers. A candy. The same way he'd leave presents on my bed when he saw me sick, coughing until I was drowning, barely breathing.

"What if Tío is right?" he'd ask me in the darkness of our room. "What if he sneaks you out through Chile or Ecuador?"

"Stop that nonsense, Lucho. Only you would think of something like that," my grandfather scolded from the kitchen. "Who do you think you are? MacGyver? Indiana Jones? Get to work and no more foolish talk."

But he insisted that he could get me out through Huaquillas or Arica. He'd smuggle me to one end of the country or the other. And he'd camouflage me in a shipping truck, hidden under a seat. Or in the trunk of a car. Just like in action movies.

In the end, it wasn't necessary. Greasing palms here and there, with a gold watch, a Lomo de Corvina bracelet, a solitaire on a chain, my grandmother achieved the unimaginable. Not only was an entry stamp added to my brand-new American passport, but a second, dark crimson seal was issued by the Headquarters of Immigration and Naturalization, authorizing my exit from the country "for having concluded my stay."

Nobody could believe that after months of racking our brains and sniveling, my grandmother María had made it happen the way things had always been done her entire life. Talking with a paisano. Asking a cousin for a favor. Explaining the situation to a colonel and handing out gifts each step of the way.

We had a big celebration, passing the passport from hand to hand like a talisman, applauding my grandmother for solving the problem her way, the way it's done in the Andes. Toasting my future. Planning a party. Until someone realized that I'd have to leave the country within fifteen days.

My mother started to backpedal. Fifteen days? With all my paperwork, she hadn't processed her own documents, nor my brother's. She'd have to prove financial solvency, produce bank statements, property titles and other papers that of course she didn't have. In addition, she needed the authorization of the children's court judge so my brother could leave the country, signed in person by both parents. Because legally they were still married, and there was nothing to prove that my father had left Peru years before.

I don't know how I managed to convince her. Or if everyone interceded on my behalf. I didn't go on a hunger strike, like she had, when my grandparents had opposed her marriage to her sweetheart in the United States. I didn't slam doors. I didn't even cry, like she'd cried until her father had bought her a plane ticket, preferring to see her alive, albeit faraway, and not nearby and dead, like Aunt Juana María who died of love, according to the family, or tuberculosis, as stated on her death certificate.

When she came in to see me in my bedroom, her mind was already made up. Her face washed and serene.

"Your grandparents are going to buy you a ticket. And you'll take my savings. As a precaution. In case of an emergency."

I'd go to Carolina's house, her friend who had always volunteered to host us. Or to a cousin's, in southern Florida. Just for a few months, while she regularized her situation, and my brother's.

There was no time to lose. I needed a suitcase, new clothes. I had to get my vaccines up to date, obtain a certificate proving my completion of three years of middle school in order to enroll in an American high school. Cut my hair. Change the frames of my glasses that were about to break.

The only thing we were missing was a medical document to prove that I hadn't caught cholera, which was claiming lives up and down the coast. That's when my father called on the phone. Just like that. Out of the blue.

He'd found out through my grandmother Lina that everything was ready for my trip, and he wanted to be the one to take me in. I could stay with his sister Graciela in Miami for a couple of weeks. And she would personally take me to Los Angeles.

"It's the best option," he insisted, his voice completely unfamiliar to me. "Why would you send him with a cousin if he has me? Let me prove to you that I've changed," he begged. "And I promise to help you with the papers. I'll go sign whatever's needed. To bring you both here."

It was very unlikely that I had caught the cholera bacteria. We boiled our water before drinking it; we washed everything with soap. We avoided fish and raw vegetables. But after that phone call, I began to experience the symptoms they kept repeating on the radio and television. Nausea. Vomiting. My stomach was a mess. My body ached.

"It's up to you."

"And what do you think?"

"I no longer know what's best."

I understood the gravity of the situation when we arrived at Callao. Due to the most recent terrorist attacks, only passengers with a ticket and passport in hand could enter the airport. Everyone was outside, crying on the sidewalk, at the entrance to the parking lot. Making last-minute requests. Desperately kissing each other in front of the security guards, armed and intimidating. Stony in the face of others' pain.

I would have liked to say goodbye to my friends from school. If only Amelia Ojeda, Acosta or Fernández could have been there. Kathy Lázaro. David Barrera. But I traveled the afternoon of the 28th of February. School was still out for the summer, and there was no way to let them know.

At Aunt Elisa's house, the family said goodbye to me the day before I left. With heartfelt speeches and stories, humitas de choclo, an orange cake, and the usual snacks. Crackers with butter. Olives and fresh cheese on toothpick skewers. Wilfrido Vargas and Juan Luis Guerra songs were all the rage at that time. We took happy pictures, two at a time, in groups of four, in front of the table. The adults with a glass in their hands while we made faces. We swore to write each other always. And not cry.

My grandfather had a knot in his throat. He hugged me the tightest he could without breaking inside, and he said goodbye, telling me to be brave and not feel sad for them. El Papá Carlos. Always looking after his children and grandchildren. Paying school tuitions, making sure there was enough food on the table. Reserved. Proper.

My brother was happy for me. He asked me to send him a Nintendo and a skateboard. To call him from time to time so he could tell me about the people in our neighborhood. He gave me a lemon candy.

"So you can suck on it way up there. When you're flying."

"I'm not asking anything of you, sobrino, because in a couple of months I'll be there myself. These gringos are no match for me." Uncle Lucho always cracked me up. "Even if I have to go by land, I'm leaving. With my little backpack and tennis shoes."

My grandmother María interrupted him to tell me to step off the plane with my right foot first. With her superstitions, she had saved our family. Never taking the trash out at night. Interpreting dreams. Touching hunchbacks on the street and believing that if you see a man walking with a limp in the morning, it would bring good luck.

"You don't trust me? You better believe this old lady who knows her witchcraft. Remember to step off with your right foot, and don't you take off the red string tied around your wrist."

She didn't cry because a mother's tears are bad for her children. And she had paid a high price for not learning this in time.

I don't know how many more steps I took inside the airport with my mother. Because I was a minor, she could go in with me, but only as far as the first AeroPerú counter, where they checked my documents, and we said goodbye. She was skinny, like she was when she left to get married in the United States. She wanted to cry all alone. In bed and with the lights off. Pretending she had a migraine. But she acted strong. I was her source of pride. The son who had cost her so much effort. Because of my weak lungs. Because of her constant fear of losing me.

"Now there's no turning back," she managed to tell me before stepping through the door, like her father had told her fifteen years earlier when he said goodbye to her at that same airport. "I'll join you in a month. Bundle up, hijo. Don't drink anything too cold. Take care of yourself . . ."

I couldn't make out all of her instructions, but I understood there was no return when the airplane rose over Lima. Below were the desolate hills. The year-round dust and drizzle. Flat roofs heaped with old chairs, brooms, bricks and sticks. The voices from recess and the market. Las Perdices Street and Santa Rosa Avenue where I had lived illegally for so many years. And my seat at the table. Or my place in line when the school bell rang.

Like anyone from the countryside who leaves his small hometown for the first time en route to the big city, I clung to my personal belongings the entire trip. I don't know how many times I checked to make sure that the money my mother and grandparents had given me was still sewn inside my pants pockets. And I just waited. The only time I stood up to go to the bathroom, I took my passport, birth certificate, school documents and the paper proving that I didn't have cholera. I had grown up in a world that was so violent, where child delinquents robbed their victims of everything but their underwear, with holdups at any time of day, muggings on buses, that I thought I'd be robbed mid-flight. Which is why I didn't speak with the people sitting on either side of me, a man with a large stomach and an old lady with tricolored hair, although they insisted on knowing who I was, where I was going, and why I was traveling without my parents.

Pretending I was asleep, I remembered that in sixth grade, they had taken us to the same international airport from which we had departed that afternoon. They had us sit in a plane where they told us about Jorge Chávez, the most revered hero of Peruvian aviation who crashed in Italy, after making the first air crossing of the Alps in 1910. We got there on a rickety bus with flimsy seats, decorated with signs reading No Smoking, There is Room in the Back, Offer Your Seat to Seniors, Ring the (nonexistent) Buzzer to Request a Stop. We were seated in a Faucett airplane and served a light snack on plastic trays, as if we were playing house with the pilot and stewardesses. We didn't go anywhere. They only turned the turbines on for a few seconds, before throwing us out. Because we were rude. Disrespectful.

The oldest students in the class had started singing "La gallina turuleca" when the captain was talking about turbulence, oxygen masks, and emergency exits. The teacher's whacks and raps to our heads as a way to bring order to the plane only sent us into fits of laughter. And then paper projectiles, sweaters, and napkins began flying through the cabin. Seeing there was no going back, Valverde began clamoring to be saved.

"The plane is falling," he screamed. "We're going to die right here."

And we yelled with him as the wind broke our wings and we fell, like the illustrious Peruvian pilot, on Italian soil. We crashed together on the runway and were punished in the principal's office.

The world was transformed when the airplane began its descent over Florida. It was nighttime. I had never seen so many lights shining at the same time. In Lima, the bulbs on the posts that weren't smashed by rocks glowed a depressing yellow. This was completely different. Colorful lights. Radiant. Beautiful. Placed by invisible hands on the night stage.

When I departed the airplane, I followed the people who walked hurriedly in one direction. I reached the place where they check passports and told my story to the immigration officer. Dying of fright. Thinking he would question the veracity of my words. Of my citizenship. Like in Lima. I don't know where he was from, but his demeanor was friendly. As if he'd always known me and truly knew everything that had happened up until that moment when I stood facing him. "Welcome home," was the only thing he said. And I understood that I had permission to follow the path of white lines painted on the floor. I walked a long way, trailing the other passengers, turning right and left. Resolute in my stride. With my heart pounding and on the verge of tears. Because having so carefully rehearsed the story of being Peruvian American, or an American raised in a country with too few lights and too much violence, I'd forgotten the secret to winning this war: stepping out with my right foot first when getting off the plane.

THE WEED WHACKER

I WONDER WHAT HE'S doing these days. When I look out the window and see that the lawn needs to be mowed again, that the bushes near the mailbox are overgrown, that the yard hasn't looked the same since he left.

"I've tried to maintain it," I said, when he first showed up. Embarrassed to show him the deplorable condition of the yard. Full of dead plants. And gigantic weeds that had reproduced overnight before I even noticed they were there, with aggressive stems and leaves and flowers, tons of flowers that would never look good in a vase.

"Tranquilo, míster," he said with a big smile. Trying to make me feel good. "I'll take care of it from now on, and you'll see that things will start looking better within a few weeks. Just leave it to me."

The idea of getting some help hadn't occurred to me until that other guy came to install the new stove. As he was lifting the old one into the back of his truck, he asked me if I needed help with the yard. Naturally, I said no. But he insisted, arguing that his friend wouldn't charge me that much.

"It's not about the money," I replied, trying to save face in front of a stranger I'd never see again. "I like doing it myself."

I couldn't tell him that I'd stopped taking care of the yard when my wife and I split up, that the thought of pulling weeds under the sun made my skin crawl, or that their neglected condition mirrored my own state of mind.

"I'm just saying, sir, that if you need some help," he insisted politely, sensing my inner crisis, "Lino is the best gardener in the Triangle."

"Lino? Is that an Italian name?"

"No, sir," he laughed with the check in his hand. "His name is Ravelino. But we call him Lino for short. And he likes it. It's hard for people here to pronounce his full name."

I sent him a text that same night explaining that I was interested in getting a quote for his yard services. And there he was the next day, knocking on my door right after I came home from work.

"Tranquilo, míster," he said again, with a clear sense of empathy for my mess, and I felt that I could trust him with my weeds and my lawn, and with my life, if he could fix it with his grass shears and his pruning saw.

In those first few months, Lino transformed the yard into the Garden of Eden. Week after week he removed dead branches, aerated the lawn, and got rid of weeds, mainly by hand but also with a noisy weed whacker that let everyone know who was in charge. He transplanted the azaleas that were getting too much sun and moved the pitiful-looking gardenias to the front of the house, saying that they'd never bloom in the shade of the maple trees.

I let him do this and that, even when I thought he was taking advantage of me. Asking me for more fertilizer and Roundup, slug killer, and other products that seemed unnecessary for a small garden in a middle-class neighborhood.

"Do you really need that bag of natural fertilizer for the rhododendrons on the side of the house?"

"Papá, just give him the money," my daughter ordered, smiling at him. "The yard has never looked this good. Not even when Mom would throw her banana peels, eggshells and coffee grounds out there."

Anna was right. And I just wanted her to be happy when she came to stay with me for three days at a time. Or every other weekend, according to the separation agreement. Why did I have to be so stingy with the gardener when he was just doing his job? So what if that bag of fertilizer cost forty dollars? He wasn't asking me for child support or fighting with me over shared custody of a twelve-year-old.

We had an agreement, Lino and I. The yard was mine, but he took care of it however he liked. I paid him every two weeks, and that was that.

"You like it, míster?"

How could I not? The previous year, I'd received two or three notifications from the HOA regarding my unsightly yard. It couldn't remain unkept, one of the notices stated in bold letters, or I'd be fined. It made the neighborhood unattractive to potential buyers, the second letter stated, but I hadn't cared one bit.

Now the neighbors were so impressed with the change that they asked me for Lino's phone number and hired him to work on their gardens. Lino was in the neighborhood practically every day, even on weekends. Trimming here and there. Snipping a butterfly bush, watering mums and leafy hydrangeas, mulching the flower beds, even though the children complained that he was always there, right behind them, interrupting their play. With his hoe and his shovel, mixing the potting soil with his bare hands. Pulling crabgrass and foxtail, nutsedge and spurge that thrive in the southern heat.

"Pretty soon you'll have your own business with all the clients you have just in this neighborhood."

"That's my plan, míster. I'm tired of doing dishes at the restaurant. With the money I make gardening, I've bought my own tools. I want to quit my other job and do this for a living. I'll drive my own truck with a big logo: The Weed Whacker."

"Seriously? Isn't that a tool with a nylon string that cuts like a blade?"

"Yes, míster. Mrs. Jarred called me that the other day when she saw me near her delicate plants. And I liked it."

Lino. Short and sturdy. With muscular legs and arms. Made in Mexico like my own ancestors who must have also worked like maniacs under the California sun. In construction and in restaurants for my father to have a good life. And for me to go to college, to get a good job.

I asked him to call me Pablo after he'd been working on my yard for a few months. But he couldn't do it. "No, míster, you're my boss," he replied politely. Just like some of my employees at the museum who call me sir every time they ask a question, displaying their southern manners, unable to call me by my first name.

After all these years of living here, I still can't stand the use of sir and ma'am, even if it's well-intentioned. What they see as a sign of politeness and good etiquette makes me think of slavery and plantations. Lino's míster, with his Mexican accent, was something else. He didn't see me as an art historian but as a man whose yard was in desperate need of his green thumb. And there he always was. "Míster, look what I did today. Didn't I tell you, míster, that these plants would look good after a while?" It was his way of addressing me, a mix of friendship and compassion. Knowing that we were both made of the same clay.

When he disappeared, day and night I thought about the many conversations we'd had. About his routine at the restaurant, about his coworkers who sang rancheras in the kitchen and his favorite food trucks, where he liked to order tongue and tripe tacos, lamb soup, and a spicy pozole that warmed him up when the temperature dropped. We talked about his parents back home who'd worked in the fields until their bodies gave up like old tools that break in half. Of his siblings who wanted to come at any cost, taking their chances of getting arrested at the border. And of the children he wanted to have, especially when he started going out with Nancy, a woman from El Salvador.

"Don't you think it's already a lot with the two children she has? Kids are a handful, Lino." I'd joke with him, pointing at my daughter sitting on the front porch with her headphones on, texting her friends, oblivious to the outside world.

"I know, míster. But I want my own. Nancy's daughter is a little older than yours. She doesn't even talk to me. Thinks she's all that. And the boy plays video games all day. Doesn't say a word when we're all together having breakfast, eating dinner. They look at me like I'm a criminal who's taking advantage of their mom."

Part of me wanted to tell him that teenagers are like that. Creatures of a different species that have little to do with the children who play basketball in the cul-de-sac, with those boys and girls who still greet their parents when they come home from work. And hug them and kiss them as if they hadn't seen them in years. Teenagers are something else, I wanted to tell him. And there's no fertilizer or magic formula you can use to help them grow better. All you can do is hope that they come back to you when they become adults and start leaving you out of their lives.

I wanted to tell him that Margie and I had wasted too much energy fighting like cats and dogs about our daughter, until we split up. Because I wasn't home enough to share the responsibility of raising her. Had backed up work, a business trip. Because I hated taking Anna on playdates, where I had to make small talk with other parents who bored me to death. Or because I gave her too much sugar and didn't limit what she was watching on the iPad, or the friends she was making at school, in the neighborhood.

But I didn't say a word, knowing that Lino would have to learn this lesson on his own.

I looked for him everywhere when he stopped answering my messages. Went to the restaurant where he worked as a dishwasher and nobody knew anything, except for one of the waiters who thought he might have been kicked out of the country.

"Deported?"

"It's possible, sir. You know how it is when you don't have papers."

I knew Lino was undocumented, like most of his coworkers at the restaurant. But I also knew that someone must have called immigration to report him. Who could have done such a thing? Lino got along with everyone, had a good relationship with Nancy, worked as a gardener in the afternoons. Who could have possibly turned him in? One of my neighbors? The kids who complained about him?

I drove by the Mexican convenience store on Davie Road where undocumented workers spend hours waiting for somebody to pick them up to paint a house, to do construction work, to build a fence, even to remove trees from yards, sidewalks, near power lines.

It was useless. Nobody knew Ravelino Aguilar. Or Lino Aguilar Pérez from La Piedad, Michoacán. Five foot three. Stocky. With thick, dark hair and enormous calloused hands that worked hard for a living. Trimming shrubs. Pruning perennials. Building retaining walls and moving rocks of all sizes to embellish yards and walkways, or decorating garden doors with climbing roses and Carolina jasmine. Besides the neighbors who kept inquiring as to his whereabouts for several weeks, no one else knew of his ability to plant blue sage to attract hummingbirds or those lantanas that summoned hundreds of butterflies.

I stopped by several taco trucks around town, but no one knew him. Only a woman who sells lamb consommé in front of the water treatment plant said she hadn't seen Tino in a while. Tino or Lino? I asked immediately, but she didn't understand the difference or was too busy with other customers waiting in line. His phone was permanently disconnected, and I had no clue as to where he lived with Nancy, a woman I'd never seen. A woman from El Salvador whose last name I'd never bothered to find out. All I knew was that they lived in Mebane, or in Burlington, with her kids in a two-bedroom apartment. That she cleaned houses.

At first, I tried to keep up with the yard to show him that I'd done a good job during his absence. To let him and the neighbors know that I was feeling better, even after my daughter told me, over dinner, that her mom had started dating again. A tax preparer who had his own business, apparently. And then a science professor. Or an architect.

I watered the plants after work and tried to pull those awful weeds that began to invade the yard again. Spent my weekends mowing the lawn and removing dead branches, raking leaves as if it were therapy. Mad at him for leaving me without any warning. And mad at her for giving herself a second chance when our relationship went to hell. Because we grew apart, I guess, like two plants whose branches needed different amounts of water and sunlight.

When John, the neighbor with the blue house, sent me a picture of Lino in the local newspaper, I thought it was a bad joke.

Was it really him in that red T-shirt, standing against the wall? Was it him staring at the camera with a blank expression I'd never seen before? No gardening tools. No vines around him. No flowers of any kind. Just a cement background that accentuated his small brown eyes. His lips sealed together. Begging for forgiveness? Perhaps. Refusing to say a word in his own defense?

I looked at the picture for hours, for days, to see if it was really him or just a terrible mistake. In search of answers, like the other neighbors who'd hired him to work on their yards, trying to get at Lino's version of what happened. An explanation, if that was even possible, something that would let us know that everything we had heard was a lie.

I wonder how he spends his days. If he is, indeed, that thirty-seven-year-old I saw in the newspaper charged with three counts of statutory sex offenses against a teenager. Between the ages of thirteen and fifteen, according to that web page and others I later found online.

I think of him when I try to straighten the mess that the front garden has become. Or when I rake the leaves around the firepit where my daughter and I sit to make s'mores, trying to reinvent our lives now that her mother is gone. Because I wasn't a good partner, I'm sure. Or because I made the wrong choices for the family, time and again.

"I'll see you next Wednesday, míster," he said to me the last time I saw him. With a big smile.

And I just wonder, day and night, what would have happened if his girlfriend hadn't turned him in before it was too late. If he were still roaming around outside my house. Whacking weeds, carrying tree trunks and delicate bushes in his mighty arms. If, instead of Nancy's daughter, the victim had been mine.

THE LAST BORDER

SHE LIKED TELLING ME how her relatives and friends had crossed. Over the hills, by the beach, in the trunk of a car. Or sitting next to the driver, in plain sight of the immigration agents in San Ysidro. During her thirty-four years in Santa Ana she'd helped so many people, she'd say, never forgetting the clothes they were wearing, their stiff or messy hair, the grime caked on their skin, and above all, the border fear on their lips.

The characters who suddenly appeared in the kitchen while she prepared dishes laden with garlic and cumin seemed to be straight out of some unreleased film. They arrived covered in dust, with the fatigue of the crossing in their gaze, buffeted by the harshness of the desert, and starving. These were the men who surely entered her house between five and six to get a plate of homemade food, a glass of soda or a beer.

Hard to believe that this woman with coarse gestures and droopy eyes, crowned with a bad perm and various cheap hair dyes, was the same person known in Lima as The Fucking China, The Sinner, and The Supreme Bitch, for having seduced her stepson a few years after arriving to the United States.

"When your dad crossed in 1975," she says no day in particular, "we met up with him at the cemetery in Chula Vista. He emerged from one of the tombs. Half dead. He hadn't eaten anything in many days. He was skinny and haggard, pale from suffering. Tito and I brought him a change of clothes so he could take off the filthy rags from his trip. Gracias, prima, is all he said to me. And he began to cry."

"If I told you about all the people I've picked up on the other side." She seems amused with her own chatter, and while I take a step back, she licks a spoon.

From thousands of miles away, with the strident tone of a catechist, the voice of my mother commands me to distance myself from sin, to go to my room, to stop listening to her, because this is how cunning women trap unsuspecting adolescents like myself.

But her words are bewitching. Not because she is, as I had dreamt before laying eyes on her, the mirror image of a prostitute from Lima known at school as The "Immacumlate" Virgin.

Astra Nakama attracts and disturbs at the same time.

"In San Clemente I told him tranquilo, primo. They're like dogs, and they smell fear. He rode in the back seat. Looking straight ahead. And as luck would have it, they didn't even stop us. The officer just waved us through."

"Do you know who else crossed over the hills? Grandma Alicia, El Chicho, old Nando, El Chato, your Aunt Elsa, and your Uncle Arturo. They didn't come together. The ones who arrived first worked their asses off to bring the others. That's how your cousins, aunts, and uncles came."

"Aunt Julita had to drug Paulina," she says between winks and gestures. "Over there in Tijuana, they gave her a potion to knock her out. Don't you laugh. I swear on my life. Go to sleep, Pau, her mom said. And the obedient little girl crossed asleep, posing as the youngest daughter of some Mexicans with green cards who were traveling with two other kids in a pickup full of food."

"Anastasia, on the other hand, came by the beach. It cost twice as much, but it was the only way because the coyote didn't want to cross her over the hills. Since she was so skinny and dolled up, as if going to a wedding, the guy preferred to cross her the way the rich do. From this side, a gringa strolled over wearing a sky-blue dress, following the shoreline. She walked slowly, stepping along the edge of the surf, her shoes in hand. On the other side, Anastasia put on the dress and a blond wig they had gotten her, and she walked back, following the gringa's footsteps, with fear in one hand and her shoes in the other. She says there were helicopters and patrol cars, but they didn't notice the switch. You don't believe me? Ask her one of these days, and you'll see I'm not lying. She walked two hundred meters that seemed interminable."

Those lives were part of her resumé. She had entered through the front door. By plane and through Los Angeles, with her vanity case and fur coat. But she considered herself a member of a legion of survivors who had crawled here, arriving in the most unbelievable ways to work any job they could get. She hadn't suffered the hardships of the crossing. But she assured me that she, too, had shed blood, sweat, and tears in this country and gone through hell, guessing that I had heard something.

Some said that Tito found them in his bed together. Others hinted that it wasn't true. Tall tales. Uncle Esteban claimed to be an eyewitness of the knowing gazes exchanged between the sixteen-year-old stepson freshly arrived from Peru and his new mamacita. He said it like that, lewdly, laughing his ass off, making the most of the fact that nobody knew what had become of the young man, how long they were lovers, if they married, if they achieved complete ecstasy or just the tip of it.

She had worked as a cashier at a Vons supermarket, waitressed in several restaurants, cleaned houses, and even translated for a court. But for the last few years, she had offered room and board to Peruchos who found their way to her house through a friend's recommendation.

"What people most appreciate when they're far from home, hijo," she reflects while piercing me with her slanted eyes, "is sitting down to eat as a family. It's very hard to be so far away and eat alone. Like a dog."

That's why she left the television on, so her guests could eat while watching the game. The diners would come in through the front door singing a Peruvian waltz, humming a salsa tune, cracking jokes in loud voices. They'd poke into the kitchen to try her stews, sticking their fingers straight into the pots. They'd fix their cars right outside the door on Saturdays and Sundays, with Radio AMOR cranked up to full volume, as if they were in the shop on Bristol Street.

When I learned she was dying of cirrhosis, I went to visit her in the hospital.

With catheters, IVs and syringes invading her body, she's not the same woman. She says that the worst one of all was old Alicia who made it over to this side absolutely reeking.

"I didn't say anything to her, but she stank of shit. I thought she must have shat herself or stepped on some along the way. Tito didn't say anything, out of respect, I guess. But I had to make a superhuman effort not to vomit all over her."

The room smells of hospital bleach and her cologne.

"When we made it home, I took her to the bathroom, gave her towels and some clothes I had left over from my pregnancy. It was then, when I was about to turn, that the old lady took the bag out from between her tits."

I don't buy it. But I smile at her silently, as if I were fourteen again and we were waiting for her guests, while she finishes making dinner.

"She told me that they'd just served the fish at her table when the coyote came to get her. Instead of leaving it, the dirty witch put it in a plastic bag and slipped it in her bra, and that's how she ran, a whole day and a whole night."

We chortle together, grasping each other's hands. For a second, I glimpse the seductress of men. The inventor of border crossings.

"She was the very worst one of all," she insists. "She told us that she bought the fish in Tijuana, but I never believed her. Not even because it was summertime. I think the old bat brought it all the way from Peru. Because the stench was unbearable, like nothing I've ever smelled again in my life."

She shifts painfully, trying to get comfortable in the bed, then coughs, and squeezes my hand again.

"She was the one who told Tito that I'd fucked my stepson, when she found out I was going to leave him. And she left that fish on my table. That red snapper she'd steamed between her grubby tits."

ASSISTED LIVING

STANDING IN FRONT OF the bathroom mirror, Mariana practices her best smile to give herself encouragement. She still has big eyes, firm skin, and a head of hair that not even in her dreams is ash gray. She carefully goes over her lines, answering imaginary questions with gestures rehearsed the day before.

"When she asks if you have experience, tell her you took care of an old lady who was ninety. You bathed her. Changed her diapers. You looked after her from seven in the morning until five in the afternoon. Don't forget the pills. Lisinopril for high blood pressure. Fosamax for osteoporosis, and Psyllium for constipation."

Elsa has prepped her down to the last detail.

"After bathing them, you have to rub them with calendula moisturizing lotion. To move them, we use two sheets, one on top of the other, placed between their waist and rear."

She even loaned her the uniform she's now wearing.

"Later I'll show you how to change a catheter," she gestures in amusement. "And how to bathe a resident without fucking yourself up."

"And if she asks for references?"

"Make up anything you like." She winks and purses her lips with street malice. "Tell her they moved. That you lost contact."

Her whole body trembles. She's frightened she'll make a mistake in the interview. That it's obvious she's never cleaned an old lady's ass.

"I would take you back to my house, Flaquita," Sergio told her when he picked her up at the airport, "but I live with four slobs. You'll be better off here with my friend. You can use their living room until you find something else."

He's changed so much since they dated. He has a beard. Wears dark-framed glasses. Is half-bald. But he calls her Flaquita. And that's enough for her to feel safe when she lies down on the inflatable mattress she places behind the door.

"The work's not easy," Mrs. Sherman explains to her. And she thinks about the four weeks she's been in the country without landing a job. Not at the supermarkets, not at the car wash. "Most of our residents need intensive care. We have to shift them every two hours, so they won't get bedsores. They can't control their sphincters. We carry them to give them a bath."

Elsa hadn't mentioned the screams she hears during the interview. The hoarse sobs. Genderless. The disfigured faces she sees in the hallway induce panic. Their crooked, toothless mouths. Their eyes sunken in hell. She fears the bony hands of some old person will grab her. That she'll get lost in those hallways, reeking of bleach and medications. Of foul, decomposing bodies. But the money she has sewn into her underwear will run out. She should at least try. For her sake. For her ten-year-old daughter.

"It would be ideal if you were certified. If you go to the Saturday trainings, in six months you could earn another twenty-five cents an hour."

She wants to hug her and cry in joy. But she restrains herself. Elsa and her other housemates have explained that gringos avoid kissing and effusive hugs.

"First thing we have to do, Flaquita, is get your papers. Tomorrow and the next day I work until seven, but on Friday we'll go to Los Angeles. Tell Elsa to take you to that pharmacy where they take passport pictures. Do your hair the way you did as a girl. With the ribbon you used in college. So it looks like a photo taken years ago."

She responds with a cardboard smile. Her nerves frazzled. She squeezes the purse where she safeguards her brand-new permanent resident card, an authentic social security number, and a driver's license where she looks younger. She thinks about Paola and prays to her. She wants to buy her toys at the mall. Those dresses that aren't sold over there.

The head of Human Resources photocopies her papers without asking a single question. She has her fill out a form to add her in the system.

"If they send you to Yeisy's office," Elsa predicts, "you're in. Don't speak to her in Spanish. She's Mexican, but when she was little, they talked to her in English so she wouldn't struggle. That's why she says 'gracias' as if she had a hot potato stuffed in her mouth. Or nonsense like 'vamos las quitar las sías' when we have an event in the activity room."

Elsa and her mischievous eyes. Her thinning hair and that little mustache she doesn't try to hide.

"If I managed without an education. Without a word of English. Coming from nothing. Of course you can, too: an executive secretary, and pretty to boot. Shit, what I wouldn't have given..." says Elsa, giving her courage, pinching her so they both laugh.

"Thank you, Yeisy," she says in her best accent. Placing her tongue between her teeth, the way the nuns taught her at school.

"You have nothing to thank me for, Flaquita. I should hate you for having dumped me years ago," he jokes. "But I don't learn. I'm helpless. *Only say the word, and I shall be healed.* A phone call before you board the plane, and I'm finding you housing, washing my T-shirt, ironing my pants to meet you at the airport. I know, I'm a clinical case. A dumbass."

His prattle amuses her. She repeats his words on the way to the assisted living facility, and she laughs to herself thinking about the life they could have had together. She only takes the bus when it rains. That way she saves three dollars round trip.

"At least I can wear sneakers," she tells her mother on the phone. "I use a brace with shoulder straps to not hurt my back. I take their pressure. Write reports. Distribute medications," she says proudly.

"Yes, hija. In an old people's home."

She hangs up quickly to not use up the calling card, promising her mother and daughter that in a few months she'll bring them.

"I live across the street from a park," she tells them. "The leaves on the trees are already changing color. Your school has gardens, tennis courts, and swings on the playground."

She doesn't mention that Mrs. Marshall has ripped out her hair on three occasions, screaming "wetback." That on Thursday she slipped in the shower with a resident. That they spit at Elsa. Or that some of the most decrepit seniors smear their feces on the sheets and grab bars. On the nightstands and walls.

She stoically stomachs the nauseating smell of bleach. She cleans up digestive explosions humming a song from the seventies. And if she has any extra time, she combs her seniors' hair with affection. Clips their nails. Lovingly shaves them. Weariless, Mariana walks up and down her long corridor. Pushing wheelchairs, carrying urinals, giant diapers, towels, sheets in her arms. Also medical gauze, cotton balls, a cart with medications, pills of every color organized on tiny trays.

"Who'd have guessed looking at you, Flaquita. When I saw you at the airport, I thought you wouldn't last a month. And now you're a professional at the hospice center. Taking double shifts. Even sleeping with your uniform on."

She laughs. She doesn't complain about her back pain. Or her feet, which after eight or sixteen hours standing, ache terribly. When both of their schedules allow, they go to El Inca together. They eat roasted chicken and say hello to the others who go there to watch the game. Some have spent a lifetime in the valley. Others have just arrived. They organize raffles, fried chicken dinner fund-raisers. They argue over who will carry the Cristo Moreno on procession day. They celebrate national holidays.

"That's the thing about this country," Sergio tells her, happily drinking the last beer of the weekend. "Back home, you'd never have hung out with them, but here they're your buds. You tell them your troubles. About your daughter who asks when you're going to send for her. You hug them."

It's true. Before landing in Elsa's living room, she'd never listened to those cumbias and chichas. She'd never swung her hips while singing "no te asombres si te digo lo que fuiste" or that catchy quebradita about a "chavalo que está rechulo y que tiene coche." With Elsa and her sisters, with a cousin who shared one of the rooms with Señora Trinidad and Clarita, she'd formed an alternative family. They squabbled because the last one to use the bathroom hadn't changed the toilet paper roll. Because the same one always took out the trash.

Or because the youngest one finished the milk and put the empty gallon back in the refrigerator.

"Just come back home, Mami. You said it'd only be a few months and look how long it's been."

She asks her to be patient. To do her homework and obey. She cries on Elsa's shoulder and finds consolation in a dish from home.

"Not for nothing was I a cook, Marianita. Don't tell me a ceviche like this can't cure your heartache."

"Only a few months," she promises her. And years pass. In the apartment she shares with Sergio across the street from Lanark Park, she dreams that her mother is given a visa with the pretext of taking her granddaughter to Disneyland. Or that someone gets her as far as Mexico. That a compassionate coyote sneaks her over the border now that she's bigger and can cross the desert.

"How can you even think about it?" Sergio reasons, while they watch a movie together in the living room. "If it's horrible for men, you don't want to imagine what can happen to a young woman like Paola. It's better if I don't tell you the things I've seen in those forsaken lands."

So she begins hatching new plans. She should contact Paola's father so he can accompany their daughter to the embassy. If they gave her a visa for a month, why couldn't they get one, too? She would pay for everything, even his clothes for the interview. The plane tickets. The money they'd have to present to enter the country. Whatever he asked for.

Sergio sighs and kisses her head, having no desire to unravel her plans. He rubs her heels and tells her details about his day driving that truck that transports everything. Washing machines. Lamps. Wooden blinds. He complains about work to distract her. His kidneys ache. If only they had a child, he thinks. If he could just convince her.

"She could also travel using her cousin's papers," she muses, ignoring his complaints. "They look enough alike. Claudia told me we could try it, but her husband doesn't want to. He says we're crazy, that we'd go to jail for trafficking a minor."

His serenity bothers her. The fact that he removes her glasses and covers her with a blanket when she falls asleep in front of the TV. That she stayed with him and signed her own sentence. Don't leave, the girls had told her. But she didn't listen. After having been so happy there, in her corner of the living room. Sharing household expenses. Borrowing each other's clothes when they went to a party. Like sisters. Watching movies with Elsa. Or soaps with Señora Trinidad.

"Sometimes I want to go back," she explodes one day in the room where they have a microwave, a refrigerator, and a coffee maker.

She's taken off her blouse, smeared by the vile hands of a resident. And in just her bra, feeling no shame about her worn body, she cries for the first time. Elsa lowers her gaze. She knows what it's like. The despair of being trapped. Cleaning asses. Dying alongside them. Just gritting your teeth when a crazy old lady dumps water on your back and laughs diabolically, showing her three chipped molars. Her ghoulish gums. Stomaching the boss's reprimands for speaking your own language. Finding scratches on your skin, already blotchy with misfortune. And smelling the stench of death when you fall asleep and get up. When you think about your daughter and granddaughter, who was just born. When you stand five, seven minutes under the shower and cry freely, before getting dressed once again.

A SIP OF BENADRYL

"**SLEEP TIGHT, MI VIDA.** I promise I'll be here when you open your eyes. Be good, Elena. Don't say anything. And don't you cry. Sit still. Just for a little while."

Mami loves to tell the story of how I was so obedient that I fell asleep upon her command so I could cross the border in the back seat of an old Dodge. Pretending to be the third child of a Mexican family with papers. Holding on to my blankie and sucking my thumb.

I don't remember any of this. But I've heard the story so many times that I imagine myself there. Wearing a pink dress and matching bows for my pigtails. Afraid, I'm sure, but trusting her completely. It was a warm day. Street vendors weaved between the cars waiting in line, selling sombreros, piñatas, lotería cards. Necklaces and cheap alcohol. Small guitars.

I was what? Two? Two and a half? Mami always changes this part. And what she never tells anyone is that she gave me Benadryl. That stuff can kill you if you're under five. But she had no other choice.

"She slept like an angel," my mom tells her close friends, skipping the part where I could have died.

How long did it take her to walk over to the other side? How many steps did she take? In my mind I see her scared, her tourist visa in hand, praying that I wouldn't wake up screaming for her as the Vega family passed the inspection points in San Ysidro and San Clemente. Standing in line with others who entered the country with their blue passports and their green cards. I've heard that people wait in line up to an hour or two on a busy day. She says it didn't take her that long. Or she was too busy praying to San Judas Tadeo.

Mami. All skinny and courageous. Dressed up for the occasion in that red summer dress she bought at El Palacio de Hierro. An investment, she reminds me. And a weekender bag with the only nice clothes she was able to get out of the house, when my grandparents rescued us.

She swears she was there when I woke up. She paid the Mexican family fifteen hundred dollars and kept the rest for our Greyhound tickets to North Carolina.

I know what you're thinking. Why would anyone cross the entire country to come all the way here, right? On a bus. Believe me, I've asked Mami a million times. I would have stayed, I don't know, in California, where most people look like us. Or in Nevada . . . New Mexico, at least. Texas, for God's sake . . . But no. Mami had to come all the way here. Because her brother knew someone in Carrboro who could give her work and a place to live. That's what she says anyway. I think she wanted to get as far away as possible from the border, knowing that her visa would expire in a few months. Or that my father could find us if we stayed anywhere near Mexico.

So here I am. Sixteen years later. Enrolled in your first-year seminar. I've been good all this time. Got A's in high school. Did some community service. Fed the homeless on Thanksgiving Day. Did everything they tell you to do to get accepted. You want us to write a cultural autobiography, describing our background, the path that has brought us to college. And I just want to close my eyes and fall sleep in the back seat of that old Dodge.

Mami says we're lucky to be here. That she'd do it again. For me. And for her. That she'd clean houses eight, ten hours a day. Even if those chemicals have destroyed her lungs.

I know we're lucky. We stayed together through thick and thin. Didn't end up in a cage, waiting for my turn to be deported. But my heart stops when I see a police car at the corner of Jones Ferry Road, right across from the Guadalupana store. I never make a fuss if I'm mistreated when I ask for the restroom. When I'm told that I don't have a reservation, even if I do. Or if somebody gives me a nasty look for speaking my language.

"Don't say anything," Mami tells me, time and again. "Just walk away."

I'm used to being quiet, and now you want us to participate. To share our thoughts, our feelings. To debate. But I can't help it.

Americans love to protest. About tuition and classes. About animal rights. Certain monuments.

"I don't care if I'm arrested," they say. All proud. Unafraid.

But we can't. We have to keep a low profile.

"Go unnoticed," Mami warns me.

Meanwhile, gringos tell their children to become politicians and surgeons. Scientists or the next president of the United States.

I'm Elena López, professor. But I could be Mariela Hernández. Orfelinda García. Jenny Méndez. I sit in the back, away from the door, and hardly ever talk. I can't watch movies that portray domestic violence. They remind me that my life would be different if Mami and I hadn't had to escape from that. She wants me to become a teacher or a nurse. But I'd like to become a lawyer to help people like me. People who could never sleep at night without a sip of Benadryl.

ONE'S ILLNESS

HE WAS BORN THAT way, with the illness embedded in his chest. And although the doctors reassured his mother that he'd outgrow it in adolescence, with each attack he learned to live closer to death. That's when he'd miss his old neighborhood, the smell of freshly baked bread, and the drizzle drunk on nostalgia and unfulfilled dreams. The damp clothing. Even the blackouts that had taught him how to navigate the world in darkness. Or the water collected in jugs, pots, and jerry cans.

His chest ached. Especially when he read the newspaper and saw that everything was still the same. Or worse. Terrorist attacks in the capital. Kidnappings. A car filled with dynamite exploding on a residential street. He hated the smell of ink dissolving in his sweaty hands, but he'd return to the paper as penance.

His mother tried to keep his lungs warm by wrapping him in sheets of newspaper, and she'd send him to school with the news plastered to his body. Any other nine-year-old child would have rebelled against this torture, but his mother did it with such devotion, ironing the paper to apply it hot with an ointment brought back from the jungle, that he resigned himself to peeling off the dried sheets throughout the day. At the bus stop, in the bathroom, and during recess.

Touching the newspaper was like going back to hell, but also home, to the circular cloister where he sang the national anthem on Mondays, his eyes sometimes watery from the tear gas that breached the walls of the old school.

The pain was as intense as that caused by his asthmatic bronchitis. The anguish of not being able to breathe, and a crushing emptiness. A trench running down the center of his rib cage through which his life flowed out, every time he coughed. Nothing gave him relief. Only his own hands that he sometimes placed on his chest to try to rip out his lungs to free himself from the mucus.

And just as he felt like he was dying on some days, after a few endless nights when he despised himself for being so sickly and cursed the world for having been born, on other days he'd suddenly wake up with no symptoms. Perhaps a light cough. His face haggard. Dark circles under his eyes from insomnia. But above all, the feeling of having survived a war.

"You look good," his friends would say, patting him on the back.

And that's when a new cycle would begin. He was no longer the same. Or maybe he was. Only much better. Shaking off his longing and homesickness, he'd walk out the door determined to start a new chapter. Turn over a new leaf. Adiós. Forget it all. It was his survival technique, a painstakingly crafted exercise. That's how he'd adapted to the snow of the North. The unbearable heat of the South. The icy winds off the Great Lakes. To new flavors and accents that he encountered on his way to work, in the metro, the supermarket.

He felt better when they stopped asking him where he was from. When he found himself sitting at a bar, chatting with some neighbor. Drinking a local beer. Discussing the quality of a cheese. Recommending a wine to someone. He didn't know exactly when this would occur. He breathed deeply, without the terrible whistle of those nights when his mother tried to cure him with a home remedy, or as an adult, when he'd down entire bottles of Vick's Formula 44.

Instead of correcting people who pronounced his name like the number one, he liked the feeling that One was also him. Or the only him. To avoid questions, the discomfort of the letter J on their tongues, he introduced himself that way, imitating their accent. And just like that he became Uno, just UNO.

"Like the game," he'd say, inviting them to laugh with him.

He almost married a girl who called him John. But after a few months, he changed his mind. He felt so foreign sitting at the table with her parents serving him colossal pieces of turkey, pumpkin pie, and cranberry sauce.

"If you don't like the food, honey, you don't have to eat it," she whispered in his ear with that sweet voice that woke him up in the mornings to make love with devotion and skill.

"It's not that," he responded, befuddled, not knowing how to explain to her that his illness had returned. It wasn't the food, but it was the way his future father-in-law insisted upon identifying out loud the dishes and silverware in Spanish, to garner his praise for having done his homework. Cuchara. Cuchillo. Tenedor.

"Are you sure it's *cuchillo* and not *cochío*?"

"Yes, sir. It's *cuchillo*."

"That's strange. I've always said *cochío*," he said, disappointed and unconvinced.

The illness had returned. He felt it acutely at Thanksgiving dinner, when her parents introduced him to the other guests as their daughter's fiancé, and he felt like he was drowning in that family, in their weekends spent in front of the TV watching the game, eating nachos, hot dogs, giant bags of French fries, spicy chicken wings and ribs glazed with honey and barbecue sauce.

"I'm sorry," he said that night. And made a clean break.

The illness lasted several weeks, during which he once again was consumed with pain. He ached right there. He felt the cold in his lungs that he knew too well. He coughed. Hunched over in pain wherever he went. He didn't feel comfortable anywhere. He wanted to go back, even if things were the same as before.

"My chest aches," he complained to his mother over the phone, so as to not let on the truth. "If you were here, you'd make me garlic broth. The herbal brew."

"No," she soothed him, "eucalyptus and wamanripa tea. Bundle up, hijo. You don't have anyone to take care of you over there. But you're doing well, you have a job. You're alive. How many people wanted to leave like you did but weren't able to?"

His old lady was right. It would be crazy to go back. After all the hardships of the journey, crossing through that shrubland where God doesn't exist. And the hunger. Looking for work. Any kind. It was only a matter of moving somewhere new. Using his inhaler. Meeting other people, finding another job. Someplace different.

When he felt an attack coming on, he'd stuff a handful of old clothes in a suitcase and leave.

"They've offered me another job," he'd tell his coworkers. "They pay more there. It's not as cold."

Leaving new friends, people with whom he'd celebrated birthdays and mourned the deaths of relatives, didn't matter to him. Girlfriends were replaceable, he consoled himself, even though he was in love with Martha and had slept with Susana, her friend.

He got used to it. To moving every time he began to get comfortable. When the longing stopped. Sometimes he didn't even want to move. But he told himself he had to. "They're waiting for me. I have to go."

When he couldn't leave right away, he'd get together with others who suffered from the same illness. They'd meet up on a Friday, a Sunday. They made the food they longed for and apologized because the stew hadn't come out the way it did back home.

"The potatoes there are so much better," they'd say. "Here the chicken tastes different."

And they'd cry listening to old valses. They genuinely suffered in the half light, accompanied by clapping hands and guitars. "Cuando te vuelva a encontrar" one would begin, and together they'd sing "que sea junio y garúe."

He spent half his life that way. Wandering. Lost. Putting down roots here and there and ripping them out time after time. His mother died. They put up buildings in the neighborhood to where he'd never returned. And he kept fluctuating between being and nonbeing. He bore his illness with the dignity of those who return from battle and show off their amputations with pride, the absence of an arm, their love of country in a wheelchair.

"Then why did you stay, Papá?" his daughter asked him one afternoon as they walked arm in arm. "Why did you stay afterwards, when you could have returned?"

"Because of you," he told her. "When your mom and I found out she was pregnant, I started to cry like a baby. I wanted to stay. But not as Uno. Or Johnny. Or One. I wanted to be your papá, even if that meant giving up the idea of returning forever. When you were born," he coughs, laughs, and coughs again, "I asked the doctor if you'd inherited my illness."

"It's too soon to know," she told me. "Respiratory diseases almost always develop around a year, a year and a half. It depends on many factors. The development of allergies, certain genetic predisposition, the environment in which the child grows up."

"But I've been asthmatic since birth."

"We'll have to monitor her carefully. Don't worry, sir. If she inherited your condition, there are a thousand ways to treat it now. Inhalers, preventative vaccines. Nutritionists who specialize in respiratory diseases."

It's hard for him to conceive of a life without ointments, teas, sponge baths for the lower body, ironed newspapers, jungle brews. The possibility that his illness could die with him. No more crises or attacks. No more interminable nights because of a cough or curfew. Or a terrible explosion. On the street. In his chest.

"And are you sorry you stayed, don Juanito?" his daughter asked, caressing his hairless head.

"No," the man answered. "You have your mother's lungs. You inherited her vocation for happiness."

He coughed painfully, clutching his chest. Soaking her up with his gaze, he suddenly remembered her two pigtails. The day he took her to school and she began to cry so he wouldn't leave her.

UNDER MY SKIN

It's that time of day
when the musty smell of dust hangs in the air

—Gloria Anzaldúa

"THAT MAN YOU SEE over there is your godfather. Tu padrino. If anything happens to me, go look for him. He'll take care of you. It's the least he can do after all I did for his children."

I hate it when my mom gets dramatic and repeats the same old story she's been telling me for years. That she's going to die. Someday. And we should be prepared.

She's always been like that, like an actress from a Mexican soap opera. Escandalosa.

"You're going to get better soon, Mamá," I assure her, kissing her forehead, fixing her hair before leaving for school. "If you rest awhile, you'll be up and running in a few hours. By tomorrow at the latest. But don't try to get up if you're still dizzy. Don't go back to the field just to get paid for the day."

She doesn't listen. She gives me that melodramatic look I know so well, lowering her eyelids and opening her mouth just a little bit. To say with unspoken words that her time is up. I feel it under my skin. In my heart that's getting old. In my bones. And she'll die on me just to prove her point. Or she'll pretend she's dying so that I apologize just seconds before she comes back from the dead.

"Your amá's very intense, isn't she? And she's got that actress look that everyone notices around here. And that voice of hers is so amazing. Lila Downs, my mom calls your amá when she's singing her songs in the field. Those corridos and baladas that get under your skin and make you tremble and give you the chills. Even when she's working under the sun and looks up and waves to you from a distance, she looks like an actress to me. When she takes off her hat and puts her hand on her forehead and smiles. My mom always says that María may be a farmworker with raggedy clothes, but she ain't like the rest of us."

Mamá gets all sentimental when the first symptoms appear. When she goes back to the apartment feeling nauseous, with a throbbing headache, and throws up as if she'd been drinking for days. It's painful to see her lying in bed. Curled up with cramps. Like an injured kitty.

When she gets sick like that I hold her head on my lap and sing to her very quietly, "Paloma negra," "Luz de luna," and other songs she loves.

"You're going to be fine, Mamá," I reassure her, as I run my fingers through her hair. But I do get scared every time. She looks so fragile from the toxins inside her body that sometimes I wonder if she's going to die and I'm in denial.

I wish we didn't have to come back year after year. I wish we could always stay in one place, away from these tobacco plants. Like normal people, you know, with a house we could decorate and friends we could see all the time, without having to say goodbye to them. But we always move following the growing and harvesting seasons. We move up north to pick apples in the fall. And then winter vegetables, leafy greens. And brussels sprouts and cabbage that grow in the cold. We move back here when it begins to get hot. When these fields need workers to prepare the soil, to plant the seeds, to pinch the plants that need to produce more leaves.

Silvia has it easy because her dad is the foreman. El capataz, as my mom calls him in her histrionic style. And even all those other people who end up here every spring and summer have it better than us because they go back home at the end of the season. You see them making plans. "Next month we're going back," they say. "I'm not going to wear this dress now because I want it to be new when I return for my quinceañera," this girl told me the other day. "When we go back home, next week, next year . . ." "This is temporary," some say, seeing the light at the end of the tunnel. Happy to go back to their families. But we have no place we can call our own. No furniture that's ours. No pictures on the walls. We're always on the move. My mom works all year, here and there, wherever she's hired.

"To support the family," she tells me when I get mad at her. "To send money to your grandmother and help Chucho who's studying in Guanajuato. Or your cousin who wants to cross the border in a few months."

"What about us?" I complain. "Shouldn't you worry about us first?"

"We're fine," she says, dismissing my tantrums. "You have food, a roof over your head." "Un techo," she insists, as if it were the best thing that's ever happened to us. As if living like this were the most normal thing in the world.

Easy for her to say. She can spend the entire day in the field. Alone or with friends. Picking strawberries and tomatoes. Piscando. Collecting those delicate blackberries or the tedious blueberries that sell for gold these days. I'm not saying that working in the field is easy. Her back is constantly in pain. Just like her legs and heels, from being on her feet all day. But at least she feels free out there. Whistling a happy tune. Singing a song that reminds her of home. Chatting with the other men and women during their lunch break. Sitting in the shade of a tree where they share Lola's tacos, someone's frijoles charros, pan dulce. Even fresh tamales made in the early hours of the day.

I'm always behind wherever we go.

Most teachers don't say anything, but Ms. Gutiérrez gives me that condescending look. Like saying, here you are again, Corina. The migrant. The train rider. The hitchhiker. The traveler who's neither here nor there. And during your absence we've covered all this material. Half the time I have no idea what she's talking about because every school is different. In Pennsylvania we were reading *The Bean Trees* and here Ms. Gutiérrez is making us read that Manzanar memoir that gives me the creeps. She looks at us like we're in a concentration camp or in jail. As if she were doing us a favor by discussing a book that "perhaps mirrors our own hardships and difficulties." What is that supposed to mean? Does she really think that migrant students are imprisoned here? That our apartments and this school and these tobacco fields are all part of one big detention center?

I'm tired of moving all the time. Sometimes, when I go up north, they're learning something that we've already covered here. Or I come back, and they're in the middle of a new novel, and of course the teacher never explains the first part of it just for me. The way they teach math up north is different, I swear. And everywhere we go the teachers expect you to catch up just like that. De volada. In no time. And when I'm almost caught up, but not quite, it's time to pack up our belongings again. To end up in Florida, or in Virginia, perhaps. In the fields of Texas even, if that's where someone hires my mom for a few months.

Luis and Alex also migrate from place to place. And that girl, Tania. And Esther Santos. And several others who travel all year. We're the outsiders and we don't even try to make friends with the regulars who all go to school together the entire year. What for, if we're going to leave in a few months anyway? Silvia is the only one I trust. The only friend I've had since I was a little girl, when we started coming to this farm.

"Have you tried giving her some milk with chamomile? The women here say it does wonders for the workers who get green tobacco sickness. And I believe them. They drink it warm, and it makes them feel better right away."

"Do you really believe that old wives' tale? How can you think that a glass of warm milk or some chamomile will get rid of the nicotine that's poisoning their bodies while handling the tobacco leaves?"

"It works, Corina. You laugh all you want. But you should give it to her."

My mom has tried that tea many times, with warm milk and several other infusions that people take to fight the illness. Hierba Luisa. Mint. Anise. Ginger with honey. But those drinks make her throw up even more.

The woman from the health department who visits the farm at the beginning of the harvest season says that milk and all the other herbal brews only hydrate the person who's fallen ill. But they don't dissolve the toxic substance that's invaded their bodies. Invisible. Odorless.

Although I always think of it as a green monster that spreads under the skin. With tentacles that poison every part of you.

I wish she didn't have to work so hard, exposed to those toxic plants that attack when you least expect it. But we come back, year after year. As if our bodies were addicted to these fields. At least I get to see Silvia, and her dad is nice and finds us a decent apartment every time. Not the same one ever, but one without roaches and mice. We're grateful for that. Some of the camps we've stayed at are moldy and falling apart. With roofs that leak, broken stoves, and shared bathrooms that make you cry.

I like the way those green plants look from a distance. With those big, gorgeous leaves. I love their defiant appearance when they show off, all proud, their long spikes of flower buds that the workers snip with their bare hands. "To increase leaf production," they say. "To remind them what they're here for."

My mom doesn't want me anywhere near them, especially in the morning when the leaves are wet. Water activates the nicotine that soaks through your clothes and gets on your skin. But every now and then, I walk by them when the sun goes down and touch the underside of the leaves, soft and velvety, and wonder how they become the brown tobacco that people smoke around here. "What's your magic?" I ask them, as if they could hear me. "Why do you poison my people when they remove your leaves?"

"Call me crazy, if you want. 'Loca de atar,' as my mom calls me when she's mad. But I love how they smell. They have a citrus scent in the morning, an earthy fragrance in the afternoon, particularly after a heavy rain. And they smell grassy when the wind blows this way."

"But they're toxic, Silvia, and you know it."

"My dad says that one out of three workers, or one out of four maybe, gets poisoned every week. He does his best to protect them, but there's only so much he can do to supervise the entire field. They know they can get sick if they don't handle the plants properly. And yet dozens of them come back every season because the gringo pays well."

I wonder what he thinks of us, Mr. Andrews. If he even knows how hard this life is. He drives this huge white truck, with the windows down. His wife sits right next to him, happy to be alive, and his blond kids sit in the back seat, buckled up. Five and six. Or five and seven. The gringo only talks to Silvia's father and that man who's supposed to take care of me if my mom dies. Mi padrino Matías. I see them talking when he changes the truck's oil for the boss, when the gringo brings him something that needs fixing with his dirty hands. The rest of us are invisible to him. Cheap labor. Workers who don't speak his language and can be replaced anytime.

When I see him driving by, inspecting the fields from two feet above our level, I wonder if things would be different for us if we'd never left. Or if we lived in one of those big haciendas that we see in Mexican soap operas and had a huge house with servants and a bunch of fields around the property. And horses and stables. And gigantic maguey plants. And a pond full of colorful fish that only rich people can have.

My mom loves those soap operas too. She'd kill to be the main actress who gives orders and bosses everyone around. All pretty and well-dressed in her horse-riding outfit. With a whip in her hand. And brown leather boots. And a fancy hat.

"Do you know that some of the workers call her 'La Gaviota' around here?"

"She does look like that actress, Angélica Rivera. Doesn't she?"

"She does, Corina. Maybe one day she'll marry an actor like Eduardo Yáñez and you'll get to live in a big mansion with your brand-new daddy. And if that happens you better call me, you wretch, or I'll show up at your front door to remind you of your dirt-poor roots."

Maybe life would be different if we'd never left, I think when I'm all alone, making dinner for us in the apartment that smells like an old closet. Forgetting that I was born on this side, and that she probably met my father in one of these fields.

She never talks about him. And I've given up on trying to find out who he is. When I was a little girl, she'd tell me silly stories of how she wanted to be a mother so badly that she asked the Virgin Mary to send her a baby daughter. And I believed her, of course. She'd tell me that every family is different. Most have a mom and a dad, or just a dad, or only a mom. And some children live with their grandparents and their aunts and uncles, she'd say, when the parents had to go away. Looking for work, for better opportunities in other lands, far from home.

We've always been alone, Ms. Díaz, far from grandparents and uncles and cousins that I've only seen once or twice in my life, when we went to Mexico loaded with gifts and money that made them all cry. Here it's just the two of us. Picking tomatoes, harvesting eggplants and spinach leaves, cauliflower and Swiss chard from North Carolina. And the okra that people like so much here in the South.

"We harvest it for the farmers market every week, but never eat it. My mom hates its slimy texture, its little white seeds and rough skin. We're poor, she says, but we don't eat that stuff."

"Because we're all mexicanos here. Give us rice and beans. Ejotes, if you want to be healthy. Nopales and green onions. Pico de gallo and all the tomato salsas that you want. But don't give us any of that okra, please."

Néstor came by the other day and encouraged my mom to start smoking. He's a nice guy. We've known him for years now. He comes from this little town in Durango with a special contract that lets him work in this country for a few months. Six or seven, I think, before he goes back to his family with enough money to support all of them during the winter.

"And what kind of example would I be giving my daughter?" she replied, furious.

"I'm serious, María. Why do you think men get sick less often than the women around here? It's because we smoke. People say it helps to have the nicotine in your system, and I think they're right. A boss I had in Piedmont gave me that advice several years ago. Ponte a fumar. I've been sick twice. Maybe three times ever since, only because I wasn't careful enough. And it was relatively mild."

There's probably some truth to it. That's why you see so many men smoking in the morning, whenever they have a break. At night as well, before and after dinner, as if they were taking their medicine. Religiously. But my mother hasn't smoked once in her life, and she's not about to start now that she's almost forty-five.

"If you think smoking is so bad, then why do you work for a farm that grows the plant?"

"Because I have to feed you," she answers me angrily. "And I'm not the one producing the cigarettes nor the one selling them."

Funny she says that. Disconnecting herself from the tobacco that ends up in the lungs of those who can't live without it. Oblivious to the empty boxes piled up by the garbage containers, week after week. With pictures of premature babies and miscarriages, mouths destroyed by oral cancer, clogged arteries, shattered lungs, and gangrened feet. With aggressive labels that state in bold letters: SMOKING KILLS.

Other times, when she's in a good mood and we're watching a movie together, I tell her that she'd look very sophisticated with a cigarette in her hand. Like María Félix or Dolores del Río. Elegant and bossy, like in one of those black and white films.

She laughs, my mom. Wears no makeup and looks like a diva, better than any of those soap stars, even though her long black hair is turning gray around the temples. Mi primera actriz. Pure drama and courage. La Gaviota, the seagull that longs to be near the Tamaulipas coast.

She covers herself well with garbage bags in the morning, when the leaves are wet. Or right after the men spray the fields with pesticides. But when the sun comes up, she takes them off, or she'd melt. She wears pants and long-sleeved shirts to avoid direct contact with the plants. But every now and then something happens. Maybe she touches her forehead, exhausted from the heat, or the tobacco leaves graze her armpits, soaked from sweating all day. Or she doesn't have time to change her clothes behind a bush. And the nicotine enters her body and stays there for a day or two.

The woman from the health department recommends that they use waterproof clothing. But you know our parents can't afford shirts that are so expensive. Or those fancy pants that make you look like an American explorer. How does she think we could pay for them living on minimum wage? And you can never find them when you go to the thrift shop, or in any of the bags that people drop off at the consignment store for a tax deduction at the end of the year.

Maybe Ms. Gutiérrez is right, and this is an internment camp for Mexican workers and their Mexican American children, fighting an invisible war.

I thank you for wanting me to prepare to go to college. With the SATs and all that. Means a lot, Ms. Díaz, considering that most teachers see us as kids destined to fail. You're a good counselor. But how in the world could I ever pay for school? And how could I leave my mom, alone in these fields, when she's sacrificed for me her whole life?

"If something happens to me," she warns me on the verge of passing out, "go look for your godfather. He owes me. Don't be afraid to approach him."

"Mamá, you're delirious. He's a complete stranger to me. You haven't even talked to the guy in ages, and you expect him to help me?"

"I know you don't understand because you're young and grew up here. But we're Mexican, mija. We keep our promises. And he's a good person under that rough skin."

I see Matías every time we come back to this farm, working near the entrance of the rancho, fixing tractors and all sorts of tools. Plows and harrows. Wagons.

My mom helped him with his children when his wife left him for another man. She cooked for his kids, washed their clothes, and even delivered them to their grandparents when the time came. They were good friends, she says, and he agreed to be my godfather for my first communion. But Matías wanted something else.

"I've heard that story. What I don't get is why your mom thinks he'd help you if she rejected him."

"Because we don't have anybody else, and she'd like me to finish school, I guess."

"What if he's your father, Corina?"

"Are you kidding me? You make fun of me for watching soap operas, and now you come up with this nonsense?"

Maybe Silvia is right. Why else would my mom insist, time and again?

"Go find him. He owes me," she begs me when she starts feeling sick.

But I look nothing like that man. I don't have his eyes. His weight. His dark complexion. His hair. I've done the math in my head. There's no way. And how could he be my father when he gives me that look whenever I walk by him?

"Go find Matías if something happens to me," she repeats when I give her Tylenol for her headache, or when the nicotine keeps her up all night, like an evil potion burning her insides.

I don't tell her that I'm scared of him.

I just pray for her to get well soon, so that she can be back on her feet again. Singing in the fields that we're prisoners of this great nation. Humming "La jaula de oro." Whistling like a happy bird, unafraid of getting the evil alkaloid under her skin.

I don't tell Mamá that Matías licks his lips and sizes me up from top to bottom when I walk by him. When I find him alone, by the barn near the entrance, caressing his tools with his greasy hands.

I just compulsively pray with my eyes locked on the ground and walk away as fast as I can. I pray, Ms. Díaz, that we can move somewhere else, even if I drop out of school and have to work full time like other kids in the States. So that we could stay in one place for once. In a house of our own that we could paint and decorate with pretty curtains and potted plants and picture frames. Away from these fields and their cursed poison, that citrus scent that will kill us all. Someday.

THE SLEEP OF REASON

HE TRIED EVERYTHING. A glass of warm milk before going to bed. Valerian tea. Melatonin tablets. Anxiolytics. And nothing. He'd push back his bedtime to collapse onto the mattress exhausted, and it would work. But at three in the morning he'd wake up restless, bathed in cold sweat, unable to fall back asleep.

"What you need to do, Mateo, is go see a doctor. Stop taking that garbage and find a specialist."

Sibila was right. He spent his days tired, yawning all the time, in a bad mood. Closing his eyes for ten, fifteen minutes, between classes at the university.

"I promise you, if things continue this way, at the end of the month I'll make an appointment."

"I don't know if I should believe you, Mateo. With your excuse of being allergic to doctors, you don't do anything about it. Everything irritates you. You forget things. Last week you didn't take María to gymnastics. And you wake up on the sofa, next to the dog."

He had to do something. It wasn't okay at forty to be plagued with the insomnia of an old man. To suffer from nightmares every night and wake up screaming. Thirsty. With chills and his heart racing.

"What kind of work do you do?"

He didn't want to tell his wife that at last he'd made an appointment.

"I'm a journalist," he answered curtly. "I teach at the university."

"And what's your area?"

"I can't sleep," he responded, ignoring the question. It was enough making inane small talk with other parents every time he took his daughter to the park; he wasn't about to waste more time with this doctor with disheveled hair.

"I've seen your file. I need you to tell me what you do, what you research, how you spend your free time, to understand if any of that affects your sleep."

That's why he hadn't wanted to go earlier. He knew that in the twenty-minute consultation they would rummage through his life only to send him off to a shrink. And that was out of the question. Not a chance would he sit on a sofa and tell some stranger his whole life. Even though he'd spent years in this country full of therapies and exercises to nourish the mind and spirit, he still thought, as did his mother and his entire family, that only nutjobs go to psychiatrists.

"I investigate civil disturbances, demonstrations, protests in Latin America."

"And do you have to travel down there?"

"Sometimes. During vacations, in the summer. To interview other journalists or the leaders of a movement."

He spoke slowly. Not with the desperation of an addict that urgently needs a supply of meds.

He complained about too much work. Of his long hours in front of a computer and the agony of correcting essays at the end of a term. Embarrassingly bad, poorly written, full of spelling mistakes. Arrogantly wishing to change the world of those who can't govern themselves.

"I'm going to prescribe some pills so you can sleep these next two weeks," the doctor pacified him. "Enough time to make an appointment at our clinic for sleep disorders. If it were a more recent problem, I wouldn't be so worried, but you have a chronic condition."

"Couldn't you give me a prescription for those pills for a couple of months? I'm writing an article. Work's piled up. Two doctoral defenses. Exams. A trip."

"Your health comes first," he answered, grabbing the door handle. "Try not to use your computer an hour before going to bed. Avoid TV at night. Don't look at your phone."

Easy for him to say. So offhandedly. Nineteen minutes after having entered the doctor's office. When else should he answer his messages, check the news, or sit and watch something with his wife? At what time, with a five-year-old who woke up at the crack of dawn and didn't stop dancing until late into the night? Dressed like a princess, tap-tapping around everywhere in a flamenco outfit and heels. Asking him to take her out to ride her bike. Or to sit and build a castle with her.

He had to tell Sibila about his visit to the sleep clinic when they told him that he'd spend the night there, connected to sensors to analyze his sleep cycle, study his snoring, see if he had restless legs syndrome, or if his breathing was interrupted after falling asleep. Apnea.

He put on a long-sleeved shirt, faded and frayed at the collar, and pants with a bicycle print. He placed his pillow at the head of the bed and sat down to wait for the medical staff's instructions.

"Is it really necessary to strap a sensor to my jaw? With surgical tape?"

"Just relax, sir. It's the only way to have a complete log of your movements. To know if you clench your jaw or grind your teeth."

The nurse continued what she was doing. Connecting the sensors from his nape, forehead, index finger, and legs to a machine. Humming a song.

He'd read up on the basics of sleep studies, but it would be torture sleeping with those cables and patches all over his body. Or with that camera on the wall that would record the number of times he rolled to the right or left, if he woke up every three seconds without realizing it.

He suddenly recalled that he hadn't answered a student's message about her final project. That he'd forgotten to kiss his daughter before leaving the house. That the chicken had been thawing in the sink since four that afternoon, and it was going to spoil if Sibila didn't put it in the fridge. Shit. He'd forgotten to pay the car registration fee, and now they'd charge him a fine. Again. Because he had so many things on his mind.

He lulled himself like that, going over pending bills, the list of things he had to finish. Before falling asleep, he tried messing with the sensors, so they'd send the wrong waves to the computer, and he thought about the trip to the border he'd take at the end of the month to investigate the role of women in different protests.

"Do you remember your dreams? Take a look at the video. Do you see how many times you wake up?"

It was true what Dr. Cowell was indicating, with his eyes on the screen. His sleep was restless. He covered his forehead, his fists struck at the air, dodged punches. And he wept. From four until five thirty he'd been awake, thinking about other errands, drinking water. Until he fell asleep again and opened his eyes at seven in the morning.

He didn't remember anything with precision. Only loose images. Recurring ones. A variation on the research he did in the mornings. Women holding signs. With pink crosses. With photos of their daughters. Disappeared. Or dead. He was the brother, the father, the policeman. He'd find human remains in a closet. A girl's body in a bathtub. The cadaver of a pregnant woman. Bruised. Her feet mutilated. Hands tied.

"That's what you dream about? My God, Mateo. Why didn't you tell me? No wonder you sleep so poorly."

"It's my job, Sibila. There are people who can leave their worries at the office, but I keep thinking about them."

"So what's the solution?"

He tried a little of everything. Behavioral therapies. Sessions with a specialist who had him fall asleep thinking about a deserted beach. Running with María alongside incoming waves. Or walking with her and Sibila down a path of towering trees, following a stream.

He claimed to be sleeping better, but it wasn't true. Not even after all the money he'd spent on treatments. And yet he smiled more in front of his wife and his students. He walked the dog every afternoon. He made the effort to lie on the floor with his daughter and read her books, even though he was dead tired. He'd tell her stories about when she was little, and they'd swear to love each other infinitely.

"From here to Peru, Papi?"

"From here to the moon."

As a last resort, he consulted a therapist who was curious to decipher his dreams.

"You're not going to regret it, hermano," his Colombian colleague reassured him. The only one he considered a friend. "That Chinese guy is a genius. He helped me break my behavioral patterns and understand why I always dated the same women. El Chino hypnotizes you, turns you inside out. Trust me, man. You'll see."

It bothered him that the guy insisted on making him talk about his childhood. It seemed absurd to waste an hour every week talking about how his father abandoned the family, his troubled relationship with his mother. What did that have to do with the corpses that slipped into his dreams? With the mutilated bodies and the girls he unearthed with his nails, night after night, but was never able to revive?

"Everything is connected, Mateo. You chose this profession. Don't you think it's interesting that you dedicate countless hours to documenting gender violence, the women protesting in Peru, in Mexico, but you can't talk to your mother for more than five minutes on the phone?"

The Chinese guy was wrong. Even if Ortega had tried to convince him otherwise. He was mistaken. It wasn't true.

He knew that his parents had separated when he was a kid. So what? If he couldn't even remember how they got to Brownsville, what did it matter what had happened on the other side of the river? What "absences" was this Chinese doctor talking about? Nobody misses what they don't have. When they landed at his aunt and uncle's house, he must have been five, six at most, more or less the same age as his daughter now playing at Humboldt Park. His mom worked all day, and he was looked after by relatives and friends. Knowing he had to behave, eat his vegetables, and be a good boy.

He had been thinking awhile about Dr. Chen's Jungian theories when he heard the first screams several yards away from the swing where he was with his daughter.

A boy, barely four years old, had fallen from the top of the slide and wasn't moving.

"Call an ambulance," his mother begged. "My son isn't responding. Help me, please. Help!"

When he got closer, holding María's hand, her shrieks of terror were now only a murmur of pleas, a stifled sob, an outpouring of prayers.

If only he were a nurse, a lifeguard, a paramedic. To resuscitate the child. To take him far away. But he couldn't do anything.

"Is he going to be alright, Papi?"

He suddenly felt a swift cut. A deep gash in the fabric of his dreams.

From amid the commotion of people, he saw his mother on the ground. Her face, black and blue. Her broken ribs. A dislocated arm. Heard her terrified screams. And also her prayers.

"Is he going to be alright?"

The little body started to move. Eyelids first, then fingers. Saving them all from their mortal fears.

He wished for ignorance, for a needle and thread to stitch back together the thin cloth that was tearing before him. But it's too late, and he sees himself. Under his bed, with his little hands stuffed in his ears, his knees pressed to his chest. Squeezing his eyes shut to fall asleep again.

"What's wrong with him? What's happening, doctor?"

He's in a room with white walls. It's him. He has sensors attached to his body. His mother kisses his face. And he blinks. Fearing that his father will appear in the door, and he won't have time to run. That he'll grab her by the neck. Or him.

The Chinese doc is a genius. It pains him to accept that. There's nothing to be done.

"He's like that because of the trauma he's experienced," an older man wearing a white coat with an instrument hanging around his neck explains to her. "The good thing, señora, is he's very young. Children are natural survivors. Fighters. Go find your family. Take him far away. Very soon he won't remember any of this."

THE SWINGS

> Each generation paints them
> a different color
> (highlighting their own childhood)
> but leaving them as they are
>
> —Fabio Morábito, "The Swings"

I LIKE THESE COLD, early mornings, bathed in sunlight. The trees begin to fill with a pretty green, and even the park seems painted a different color. Maybe it's all the kids who are drawn outside after the winter, like birds leaving their nests. Those who were crawling only a few months ago are already walking, and those who barely toddled around like ducks are now up to mischief.

You're new, right? I can tell from miles away that you just arrived. Here, we all know each other. My girl's the little blonde running around over there. How old is yours? She's still in diapers? You should take them off, take advantage that it's hot. Trust me. Here they train them when they're about to go to school. Some baloney about children letting you know when they're ready. That it's best not to rush them. That they'll be traumatized. Nonsense. Look at them. Little whoppers with shit up their backs. It's not a problem now, but imagine in a year.

I trained mine in a week. Because it was summer, I put her in undies. That's how they learn. They feel when they've wet themselves and don't like it, and they're the ones that ask to be taken to the bathroom. She doesn't even wear a diaper at night. She wakes herself up, runs to the toilet and goes back to sleep. I hear her because my room is next to hers, but I don't get up. You have to teach them when they're young.

Her parents really trust me. They know I have older children. That I know about fevers and colds, tummy aches and those horrible coughs that only an inhaler can get rid of. Since both of them are doctors, they need someone with experience, like me. Did I mention that they even leave me overnight with her? When they have night shifts, they can be gone twenty-four or thirty-six hours. Besides, the señor travels a lot. He's invited to give talks in France and Italy. Or they need him in Tennessee to operate on a shoulder or replace a titanium knee, as if they didn't have doctors who could fix broken bones over there. I guess he's a real luminary. But he's really down to earth. His name is Jack, and he doesn't want me to call him doctor. Neither does she. At the beginning, it felt strange calling them by their first names. So overfamiliar. But Lilly told me that's how I should address them. When she's home, she's always doing research. She spends hours locked in her office with books on the floor and piled on her desk. She forbade me to organize her mess of papers. The only thing I do when she has a night shift is remove the coffee cups and plates that she sometimes leaves on the floor or sofa. She's a gynecologist. She studies the development of placentas that detach too early. I didn't know what that was. She always tells me about the cases she saves. About all those babies she helps come prematurely into the world who wouldn't have had a chance before.

The other day I kept thinking about you. Since I hadn't seen you here by the swings, I thought maybe your girl had gotten sick. Sophie was the first to notice. Every five minutes she would come asking for Ellie. "Is my friend coming yet? Are we going to eat lunch together?" I had to make up stories that your kid had gone on a trip with her parents. On a train with many cars. With people standing on the platform waving goodbye. I made up the story as if it were an old soap opera. The kind I used to like with Ana Colchero and Ernesto Laguardia. She asked me about Ellie so much that when I got in bed, I kept on thinking about you. If it's hard for me, it's got to be worse for her. We cross anyway we can. We come from Oaxaca. From Guerrero. There are girls from Tamaulipas and Michoacán too. Those who come from furthest away are from Honduras. But there are very few of them. You really do come from another world. And you can't say I'm tired, and tomorrow I'm going back. Because even for that you have to get a bundle of cash together. You can't go back like that, empty-handed.

I imagine your country is really beautiful. With its tall mountains and those cities you talk about, made of massive stone and not even a drop of cement. We also have ancient constructions, but because I haven't visited them, I can't tell you about them. Here, I've watched documentaries they sometimes play on channel 11. The Pyramids of the Sun and the Moon, and some Mayan fortresses in the south, almost on the border with Guatemala. But I've seen so little of the world. I'm from Rancho La Luz, just off the highway that goes to Dolores, and know little beyond that. When I asked a friend from Guanajuato to take some money to my family, I had to give her really specific directions. "Tell the driver to drop you off on the road going down to El Choco. You take a dirt road for a few hundred meters, and then you'll see an arrow with the name of the rancho. Keep going down the path next to the prickly pears, and pretty soon the dogs will come out to greet you." I even told her the color of the earth and the location of some boulders so she wouldn't get lost. And she made it. With a stack of bills. Glad to meet my parents and eat frijoles de olla and the corn tortillas that are only made where I'm from. "Whenever you want, I'll take them more cash," she told me, contentedly.

It's great that you're taking night classes. I want to go, too, but whenever would I have the time, if they keep me round the clock? When Sophie falls asleep, the only thing I do is sit and watch my soap. I like the Turkish ones. You too? They're so nice, right? I'm fed up with the Mexican ones. Always the same story. And they don't show the Brazilian ones anymore. I swear, the Turkish ones even make me cry and laugh out loud. Besides, they teach you a lot about life. You tell me, isn't it unfair that Karim is locked up when the real rapists are wandering free? The good thing is that his wife finally seems to want him. Didn't you see how they embraced in jail? I got goosebumps seeing them so happy.

When the señora is home, my schedule is different. That's why I sometimes get together with Vero, the short girl, or with Lucero, the one with the two-year-old twins who still can't talk. We go to Monterrey for dinner, and if there are mariachis, we sing like crazy. "Me cansé de rogarle," "Te pareces tanto a mí," "Tres veces te engañé." They're my favorites. They call us "the tone-deafs," but it doesn't bother us. At any rate, it's only people like us who eat there. Pura raza. The laborers who stand on the corner of Folsom looking for work.

I got into the nanny business to learn. The woman I stayed with when I first came told me that's how she learned English. The kids teach you while you're playing with them, and you pick it up quick. Inglés sin barreras. That must have been back then. The doctors made it very clear to me. With their daughter, not a word of English. Puro español. And you know Sophie speaks better than my own children. The only thing is you have to follow the rules even when they're not around. If they catch the kid speaking to you in English, you're out. That's what happened to Julisa, the one pushing the Black boy on the yellow swing. They caught her speaking in English to the girl she used to nanny for, and the following week she was out of a job. That's why I don't risk it. Even the cartoons that I put on for her are in Spanish. The doctors are really good to me, they treat me like family. But they're gringos. Any minute they'll tell you with a little smile that they're really sorry, but they won't be needing you anymore. And I have to provide for my kids.

At least you don't have children. It's rough spending days and nights taking care of other people's babies when you have to leave your own to be taken in by someone else. Sometimes Sophie calls me mamá. Poor thing. She gets confused, even though my skin's as dark as my luck. I always correct her. God forbid la doctora gets jealous. "No, my love. Your mom's working. She's a really smart, really fancy doctor. She dresses in all white." But she insists. And big tears roll out when I push her on the swings. Because I think about my Juan Carlos hiding between my sister-in-law's legs when he sees me. I left him when he was tiny to come here to work, so he hardly knows me. My Yesenia, who's already nine, is more affectionate. She runs to hug me. She tells me about her school. About her little classmates and her teacher. She never asks me to stay, but when I say goodbye after two days, her little eyes weep.

I'd prefer to stay with them in the town of Merced. But we'd die of hunger. The houses they just built by the university are all vacant. And in the fields, they always hire men. Even the drunk ones have more endurance. That's why I came when they told me about this job. I left my babies with my sister-in-law, Antonia, who's the kindest soul. She knows that my asshole husband left us. He doesn't even come around anymore. With the money I earn from the doctors, I can provide for my children and hers. She's got three. It's not like my sister-in-law is the Welfare office. The bad thing is they're so far away. It takes me more than three hours to get there. And here they need me until Sunday and on holidays.

Since you know how to cook, make her lunches and dinners. Don't give her food from those jars that have who knows what in them. When they first hired me, they told me to give her a little jar in the morning. This can at noon, and this other one at night. As if she were a cat. From the very first day I started cooking my own food. Oatmeal with apple and orange zest. Noodles. Chicken soup. Stews. Beans. Smoothies. Just so the señora wouldn't get mad, I opened the jars in the fridge. I'd put them all clean in the recycling. Afterwards, I told her the truth, and of course she was grateful to me for taking care of her daughter as if she were my own. If only you saw how she gobbles up her quesadillas. Her gorditas. Offer her one of those jars and she won't touch it. Even if you beg. Because of that, I have to prepare food for the señora whenever I leave. The doctor laughs when he sees the tuppers full of frijoles charros, rice, even homemade milanesas that are nothing like those horrible chicken nuggets.

I've trained her well. She only knows songs from my country. Have you ever heard her pronounce the words to "La Adelita?" She's so funny, mi güerita. When I put her to bed, I read her a story, and another, and one more. She loves the one about a rabbit that sleeps in a giant bed and dreams that a cow is flying over the moon. When I jump over a page, she tells me no, that I skipped one. And if I change the story, she corrects me and explains that it doesn't go like that. We're always laughing together, and I even pray the Our Father for her, make the sign of the cross on her, and she tells me that she loves me with that little voice of hers that completely disarms me.

How many kids must have sat on these swings? If every day some thirty, forty come, do the math. That's why I don't get attached. We're like these swings that come and go, moving up and down, from here to there. The kids grow and forget about you. Come on a Saturday, a Sunday, and you'll see that I'm right. Stand over there in a corner and watch them all happy, as if you never existed. "Mommy, Daddy," they squeal with glee, as the swings chirp and continue their motion without the help of a nanny.

When they're old enough to go to school, the parents tell you thank you very much, and they leave you out to dry. That's why I tell la doctora to have another one, that life's not all work. She kind of thinks it over, but she has so much research. The placenta thing is very complicated. Instead of attaching to the uterus over here or there, or somewhere, it sometimes grabs onto the walls down below. It's very dangerous. Not only because it blocks the exit for the little one, but also because after six months, as the uterus expands, the placenta tears and begins to bleed. First a little. Then more. Until the uterus breaks at the seams and there's no way to stop the river of blood. It's called placenta previa, and if it happens during one pregnancy, it's likely to happen with the others. And even more so if you're forty, with your expiration date approaching.

I believe that's why la doctora doesn't dare. Sophie was born at seven months, and she already was up in age. She doesn't look premature, does she? I don't know how many days she was in an incubator. Now you can't tell, but when they first entrusted her to me, she was tiny, and she was behind in everything in comparison with my children. It took her a long time to roll over, sit, and begin to walk. But at two, you can't even tell they were born early. Look how quick she is on her feet. Sometimes I think she's going to break her neck from so much jumping.

"Why don't you try, señora," I tell her every once in a while. "Surely it won't happen to you again. Give it a shot. So Sophie can have a little brother." Then I regret saying anything because I see her get sad. I think she feels old. Or she doesn't want to bleed out. That's why I'm looking around anywhere I can. If you hear of something, let me know. Preferably if they're newborn. So they last me a little longer.

CATS AND DOGS

WHEN HE WALKED THROUGH the door a few hours later, Felipe confirmed, with shock and dread, that his wife had left. As they had agreed, Julia had taken half of everything, plus the items they had purchased together to create a home with the flavor of her homeland: the Talavera pottery vases, a set of dishes from Tlaquepaque, the Oaxacan rugs, the rattan dining room furniture. Also a rustic wood bookshelf and a stately armoire with rusted hinges. The chest they used as a coffee table and their marriage bed, where they lost all the battles they began in pursuit of happiness.

"Keep the cat if you want, but Milagros is coming with me." She said it just like that, defiant, without a shred of remorse. Needling him to get up from the sofa and shake her, to order her with his fists to leave at that very moment, or to stay.

It wasn't fair. He'd given in on everything. The value of the house. Their joint savings. The car they'd bought the year before. So he played his last card, with the same amiability he had faked over the last three months, to get her to sign the divorce papers.

"Don't be fickle. You know it's best for her to stay here. How are you going to stick her in such a small apartment? You work all day, and she's used to running around the woods. Her friends are here, the lake where we go swimming. The river. Stop trying to punish me and do it for her. She's terrified."

It was useless.

"You're the one who doesn't want to share her," she challenged him with calculated dignity.

And he would have given in again, if it weren't for the ancestral voice that came to his rescue.

"Don't do it, corazón. How are you going to share custody? Stop embarrassing yourself, hijo. She's doing it so you'll feel sorry for her. So you'll get back together with her. Don't you realize she's a bitch?"

He grabbed her head with both hands and flopped down on the floor with her. He whispered in her ear that he would always love her, even if she threw up in the car on the way to the vet.

"Come back soon," he told her. "Barking like the devil and knocking me over with sloppy kisses."

He wanted to bite her. To have sharp canines to skin her mercilessly. But he just slammed the door and told her to go to hell.

Alone with the scrapes and scratches from the move, he thought he had been robbed. Not because the furniture and TV were gone. Or the painting of calla lilies that had left its silhouette on the wall, but something else. As immaterial as the echoes that startled him everywhere. Or the ineffable memory of the dog.

He lay down on the ground after drinking a few mezcals, intending to sleep an entire month. He grabbed a pillow, hugging it tight as if it were her. And he rolled around on the hardwood floor imagining that they were playing out on the lawn, that Milagros was pretending to bite him while he scratched her belly, her ears. The illusion was short-lived. Dreaming, he looked for her at a dog park, barefoot and in his briefs, surrounded by strangers who told him they had seen her with another dog, hiding among the pine trees, until he was awakened by the meows of the cat who'd destroyed the screen on the bedroom window to force her way inside.

Fucking cat. He had the urge to chuck her out the window. Or stab her. Then he dreamed that when he grabbed her by the scruff of her neck she transformed into his wife and walked in again. Between blows and scratches, he managed to stuff her inside a pillowcase. He dragged her down the stairs, hoping to cripple her. And crossed the street to the lake and drowned her with relish.

It was impossible to get rid of her. The very day they'd arrived at the house with the moving truck, they found her stretched out on the terrace. And even though he tried to chase her off, she remained, defiant, prepared to stay.

"Poor thing. The former owners must have abandoned her," Julia had sighed, trying to find a hint of compassion within him.

"Don't even think about feeding it," he reminded her before leaving for work the next morning. But that's exactly what she did. That same afternoon she bought cat food and two ceramic bowls so she could feast like a queen.

He wasn't happy about it, but he let Julia play house with the cat so she'd feel less lonely in that town of towering trees and snowy mountains, where neither of them knew a soul.

From then on, they fought about the cat. Her gray hair appeared in the bed, and he swore he could even feel it in his lungs. She'd wrecked the backrest of the recliner where he liked to read. A lamp with a crocheted shade. The living room curtains and the front door as well. The worst were her savage yowls whenever he would caress her. At night. Early in the morning. And she'd beg him to let the cat inside.

"I don't understand you," he'd say, sitting at the foot of the bed, hugging his orphaned knees to his chest.

She'd respond with a pale gaze, wishing he'd be silent so she could take refuge again in the arms of the cat.

"No, I don't miss my sister."

"Then what is it? What's wrong? What do you need?"

He promised he'd understand and asked her to trust him. But that only made her nausea worse. Her desire to flee out the door, to bury herself in the snow so nobody could find her.

"I can't," she said. But her sister convinced her in two seconds.

"You've been waiting for this moment since you got here. You have the chance to be with a man who can get you papers. Who loves you. And you're telling me you can't? What the fuck, sis? You know how I crossed? What it's like to be dying of thirst? When they set you loose in the desert and tell you to run for your life? To duck down or else the helicopters will spot you? It took me months to cross, and I did everything I had to. Even that. Do this for our parents, who put everything on the line to get you that passport, miraculously. Don't you remember?"

Of course she remembered. If was the first thing they came up with to revive her. Send her to the other side with Ignacia. She was a bloody rag when they found her in that clinic. She spent months not speaking, not wanting to eat or go out to the patio. They even sent her to her grandmother's in Tapalpa. And nothing.

"My daughter's dying, Anselmo," her mother cried.

And her father knocked on every door until he reached that hovel where they unstitched passports and sewed them back together again with genuine visas.

"A master technique," the Jizz assured him, aiming a black wad of spit at his feet.

Until those gringo computers learned to cross-check names, dates of birth, and places of issue with every visa number, and the whole business went to hell.

"I can't," she said. But she did it anyway. By the time she handed the passport to the immigration officer, she'd convinced herself that she'd studied journalism, that she was the author of those articles signed by that other name, which she had memorized. The trip to Los Angeles, she explained in a steady voice, was to cover the new anti-immigration legislation for her hometown newspaper. She said it without a trace of fear. Serene. Accustomed to reporting from the eye of a hurricane.

"Marry me, Julia," he said when he learned that she'd entered the country on a humanitarian visa because she came from a war zone. Where women are found murdered every day. Under a bridge, in the shower. At the maquila, she told him, an American woman had taken her under her wing. To process her papers as an exile. Without her being one, of course. A lawyer took her case and her aunt—that's what she called her—had assured her that in a few months she'd have a work permit.

He didn't believe a single word. But he was moved by her need to legitimize herself with impossible stories that wouldn't do much to protect her from the migra but allowed her to create a little fantasy world for herself. Stitched together by hand with a double-threaded needle. Like the one his parents had made up before having him at Memorial Hospital, where his chubby little feet had sealed his legal status on his birth certificate. He wanted to love her. Have a bunch of kids with her, this woman with mysterious eyes whom he'd met two months back at the bar of La Fuente restaurant.

She said yes to him, hiding her discomfort when his hands touched her and spoiled the moment. His lips hungry for affection. His cruel, hard torso, belying his childlike smile that promised to protect her from all harm.

"Man, I hardly recognize you," Tomasito joked with him. "All you have to do now is start knitting sweaters with your woman." It was true. He'd cut him loose to be with her, watching soaps. He interpreted her lack of acrobatic skills as inexperience. And he enjoyed being with a woman like that, innocent, even prudish. Someone who could redeem him.

Together they dreamed about making themselves a picture-perfect house. Full of bright colors and ceramic tile. With wicker and wrought iron furniture. And a light-filled kitchen, to make mole in clay pots.

"Only you could do such a stupid thing, hijo. Right when you're about to move and have gotten a good job, you go and marry a complete stranger."

"I love her, Mamá."

"It's one thing to be kind and quite another to be a fool."

Stretched out on the floor, with the cat at his feet, he wonders if his old lady was right. Or if he should blame his job, his constant night shifts, or the fact that they didn't have a child. He never understood her aversion to intimacy and her incompatible desire to be a mother and take care of a baby. They saw doctors, tried treatments. Pills. Injections. Lifting her legs and pedaling them in the air to facilitate the passage of his sperm. Tomato-based diets. Inseminations. They even went to a curandera who rubbed her aggressively up and down to reposition her womb, while she prayed and spat holy water on her.

"In two months you'll get pregnant, muchachita," she told her. "Now go and get a move on it, as much as you can. And pray to the saint in this image to grant your request."

"That's a bunch of bullshit. Why don't you just buy her a dog?" his friend the nurse recommended. "Here in the hospital they use therapy dogs for kids with cancer. And she might even forget about the cat. I know what I'm talking about."

He watched her cry so many times in the living room, in the doorway to the kitchen. Or in the bathroom, when she realized that the doctors and the healer had deceived her, until he couldn't stand it any longer and took his friend's advice. A dog, for fuck's sake. A dog that would get them out of the house. To go camping in the mountains or to rent a cabin where they'd sit and drink coffee while looking at the scenery, the three of them snuggled under a blanket. Like in the movies they watched together whenever they stopped fighting.

He gave her the dog one February fourteenth, at five in the afternoon, when it was already dark outside, and it seemed like it would never stop snowing. The cat was the first to attack, showing her, with a couple of scratches, who ruled the house. Julia watched her from afar, with the same detachment in her gaze as when she looked at him, reproaching him for not even asking if she wanted a dog before adopting her.

"If you knew me even a little," she told him, "you'd know that I can't stand them. Not their smell or their nauseating breath."

"Milagros is going to be our therapy," he responded. Laughing at his own joke.

She never got used to her. Her mere presence bothered her, the fleas she didn't have, the slobber that hung from her snout every time she drank water. Her eternally moist nose. Her eagerness to lick her. Only when they fought would she take her outside, yanking her out of the house with the excuse of taking her for a walk. And then she hated her even more. She despised her yellow urine in the snow. Having to pick up her shit. Still hot.

He tried to leave her on seven different occasions, close to some anniversary when he confirmed in silence, or fighting like cats and dogs, that there was nothing to celebrate, that he stayed late at work to escape that deathly silence. The evasive glances. The agonizing reproaches of a cat that couldn't be tamed.

They always ended up giving it another chance. The last one, each time. For their own sake, and for the family they were going to have. And he consoled himself with the dog. He told her about the baby boy born in the maternity ward with a curved back. About the teen who died of uterine cancer. And about the deaf husband who wept inconsolably in the waiting room because he hadn't heard when his wife had tumbled down the stairs. He took her camping, leaving the cat and her mistress behind. And with her, he learned to cheat and to forgive her for rejecting him. Because that way he forgave himself too. For his adventures that lasted as long as they needed to. With someone from work. At the gym. Or in parks with overgrown trees, where dogs romped without collars or chains while their owners hid in the foliage, leaving stains on the snow or the dirt.

He, too, was just like them. Well-dressed and polite, but an animal that only wanted to devour her, she brooded during sleepless nights. Like that vile man who'd licked her while the other one pried her buttocks open. *So you'll know what a real cock is.* Like the other one who spat in her face. For being a whore, because she didn't give in. *Now I'll teach you to be a woman. Get you off your high horse.*

"No, please," she kept begging.

But they beat her until she was unconscious. Unable to speak.

"It's a miracle she's alive," they told her parents. Some dogs found her buried under a pile of trash.

Word spread that she'd been getting around, just like her slutty sister.

"Things like that don't happen to decent girls," she heard through her window. And she cursed the damn dogs that had supposedly saved her from misfortune.

She endured the situation until her papers arrived, when there was no point in trying any longer or demanding he explain the hickeys that appeared below his shirt collar. The condoms found in his pocket. The dropped calls. His nightly outings with Milagros. Just to walk her a bit. While she would sit and watch her soap, imploring all the saints for him to never return.

"It's fine," she said, without making a fuss. Putting an end to those miserable years of taking happy photos together, learning each other's quirks to be able to pass the immigration interview. How he took his coffee. With lots of cream and no sugar. His favorite shows. His outings without her. His gym routine. "Just give me the half that's mine," she demanded. And he didn't push back, even though he could have thrown in her face the piling bills, the residency papers, and her treatments.

They split their belongings peacefully, as if they were sealing a new marriage agreement. Until the day the bitch left, leaving him the cat, knowing that her teats were red and swollen, that she ate all the time and slept more than usual. Because she was six or seven weeks knocked up. For getting around with who knows what alley cat.

HELP WANTED

THEY THINK I DON'T hear them, but I know what they're saying. When they're doing dishes, or sweeping the floors at night, when the store is empty and it's just us restocking the shelves, taking out the trash, cleaning everything up for those who open in the morning.

Lina said it'd be different here in the States. That nobody cares about your looks, your manners, or what you wear. It might be true for her because she's a teacher and works with educated people. With those children who sing our songs. And their parents who thank her for teaching them Spanish, and give her gift cards, and bake her pies.

The boss has never questioned me, and she's always been nice, respectful, from the first day I walked into the store with my application. She's American, of course, and wouldn't even think of asking her employees a personal question. All of us receive training about workers' rights, appropriate conduct, and discrimination. That's why they can't say anything to my face. But I know they talk and whisper about me when I turn around, or when I walk up to them and hand them a tray or a box of fresh produce, a container with paper plates, and they undress me with their eyes, trying to see what's inside.

"Don't pay attention to those idiots, Lupe. Babosos. I bet you they're all unhappy with their wives, and that's why they're mean to you."

Lina always comforts me when I feel down, when I come home and sit in front of the TV without saying a word.

"You're right. They all want this beautiful Salvadoran body, slow cooked in the heart of Central America. But they know I'm not up for grabs, especially not when they rearrange their filthy sacks while talking to me, all dirty, as if I were in desperate need of that."

Things could be worse, I tell myself when I get ready in the morning. Shaving here and there. Making sure I get rid of these hairs that insist on growing. Without mercy.

When the government granted me asylum, I didn't think twice. Didn't care about my parents who'd be staying behind or about others whose applications had been rejected. For lack of evidence, they said. For not having proper documentation.

Lina had been telling me about this place for the longest time, and I'd spent days and months and years just imagining this town with its very tall trees whose leaves change colors in the fall. Its winding roads that go up and down certain hills. And the local shops on Weaver Street. The ice cream place with its rocking chairs on the sidewalk. The fish market that brings the best seafood from the coast on Thursdays. That beauty salon on the corner of Main and Lloyd, where she said I could fix my colochos, without ever mentioning the price that these crazy Americans pay for a simple haircut. And the weekend farmers market and the apartments near the cemetery, squat and unpretentious compared to the houses of the wealthy neighborhoods with their manicured lawns and cleaning ladies who show up once or twice a week. And the nannies who take care of their children.

I could see myself working in one of those neighborhoods. Cleaning and cooking for doctors, professors, and lawyers. For young professionals who can't take care of their families because they're too busy. Working. Reading. Doing yoga and exercise. Other times, I'd imagine myself serving tables at The Lantern, at Elaine's on Franklin, or at any of the fancy restaurants where they'd hire me.

"That's your idea of happiness, Lupe? You want to serve Americans who'll always look down on you?"

My sister Minga did everything in her power to prevent me from coming. Some days she'd give me lessons on racism and inequality, reminding me about what happened to don Lucho's daughter who'd worked as an undocumented maid in Pasadena until she was deported empty-handed, with no opportunity to gather her belongings. Or she'd repeat how the Salvadoran gangs had made Los Angeles a living hell, quoting from a newspaper, or from something she'd seen on TV.

"Poor Ofelia. Must be hard to live over there in the States, without being able to see your mother. Doña Rosa defends her because she sends her money every month. But you can see the sadness in her eyes. Knowing that she'll die alone, without her only daughter. Not being able to watch her grandchildren grow up."

"Sos una exagerada, Minga. So dramatic," I'd argue with her before going to the shoe factory.

"You know I'm right, Lupe. Now, you're just thinking about yourself. But our parents are getting old. They sacrificed for us and kept us alive during the war. And you'll regret it if you leave them behind for a supposedly better world."

After a while, I gave up fighting with her. I'd just kiss her forehead and didn't explain why I was so desperate to leave the country.

How many times had she tended to my wounds? How many times had she picked me up all torn and broken for being an effeminate fag? Deep down, Minga knew I had to leave if I wanted to be myself and stay alive. But part of her wanted to change me, even if she didn't say it like that.

"If you at least tried not to be so obvious," she'd beg me. "If you were more discreet, those majes wouldn't beat you up like this."

I was careful with my friendships and affairs. But it didn't matter. In San Salvador, people smell queerness from far away. Even if you rehearse your manly poses in front of the mirror so you can pass. You lower your voice, avoid using your hands when you talk, give firm handshakes and walk straight so nobody catches the slightest hint of your gay ass. But they can smell you from a distance. And you run as fast as you can. Away from trouble, from a group of bichos armed with guns and chains. And still they catch you. When you turn the corner. Right after work, when you're waiting for the bus. Or when it gets dark, and they know that no one will stop them from fucking you up.

"Things will change now that they've passed these laws," my sister would say, all optimistic, over the years. But she and I knew that those papers were just a smoke screen written for some political cause that had nothing to do with our daily struggles.

"No one will hurt you here," Lina tells me when I get melancholic and remember the beatings, the name-calling, the way it was for us locas back home.

And she's right. This place is a liberal bubble in the conservative South. The town and the university next door were built by slaves, with plantation money, but now the gay flags adorn every street corner. And signs that assure everyone that Black Lives Matter, that No Human Is Illegal, that Diversity Makes Us Stronger.

Might be true for some. For the white customers that sit out here and buy their organic salads with baby sprouts and fat-free dressing, made with chia seeds and local honey. They sit out here as if they owned the world, wearing whatever the hell they want. The men with short shorts in a rainbow of colors and beards of all lengths, with piercings and painted toenails. And the women in raggedy shirts and no bra. And miniskirts that show off their hairy legs and sophisticated tattoos.

Others are more conservative, of course. This is the South, after all. They wear their nicely pressed shirts, beautiful dresses, and glamorous high heels. You can tell they're decent people, model wives and husbands with perfect children and hypoallergenic dogs that cost three thousand dollars, or more if they're trained to behave properly during their first months of life.

They all must have signed up for freedom when they were little. And this land is certainly theirs, I think, when I pick up their dirty plates and clean their tables with disinfecting wipes. Or when they bump into me in one of the aisles because they were distracted, checking the weather, or sending messages to their friends, and they quickly say, "I'm sorry" or "excuse me," very politely, without really seeing me. They don't care that this Lupe looks like a woman but might still be a man. A trans lady with lipstick on and gorgeous earrings, wearing silk scarves day and night around her neck to conceal her Adam's apple, and embroidered tops, proud of her thinness and height. They don't care. They're happy drinking their artisanal beers, their double and triple IPAs, their chocolate stouts aged in bourbon barrels that cost three times more than our poor Tecates and Coronas.

Our world, though, is something else. The help here is Latin American. Or Latina, according to the box that we check when we turn in our applications. We live a parallel reality and our paths hardly ever cross. We listen to our music in the kitchen while we prepare their meals every day. We speak our language colored with Mexican slang, Central American paranoia, and Andean smiles. And we fear difference, sexual habits that might corrupt the community. Culeros. Invertidos. Mariposas. People like me, vaya, who were finally given asylum thanks to a police report that shows a disfigured fag who's been brutally beaten, again, in the streets of San Salvador. Guadalupe Robles Beltrán, whose aging parents could not save him from this or any other beating because deep down they too believed it was his fault. For not finding himself a girlfriend, for insisting on being different. Por Dios.

When Lina went back home to visit her family a few years ago, she convinced me that I had to leave. I could have a real relationship, not just the occasional flings with single and married men who would later pretend they'd never met me when they were out with their friends and wives in broad daylight.

"Think about your future, Lupe. Now it's exciting to have these random hook-ups. To sleep with someone from work for a couple of hours in a cheap motel. And you love meeting up with straight men in random restrooms and parks. But you won't be young forever, and think how you end up, when one of those majes loses it and feels you threaten his masculinity."

"And how in the world would I be able to get there? I don't think I'd survive the journey through Mexico, traveling on top of the freight trains, then crossing the border. Who would help me?"

"I've offered to help you for years, Lupe. You're my family."

"Your little virgin sister," I'd reply immediately, and we'd both laugh. Because we'd been inseparable since we were cipotas.

Lina and me since the beginning of time. Sitting next to each other in the classroom, playing volleyball with other girls during recess, even if the boys made fun of me for not playing soccer with them. And how we loved to make plans. About our future away from home. She'd become a doctor or a scientist, and I'd become a fashion designer, or a top model or something fancy like that.

"Cabal, Lupe. You could still go back to school and study art and graphic design in the United States. Maybe at the university in Chapel Hill. Or in Raleigh. Or anywhere you want. Just like me, when I first arrived there and went to a community college and then got my credentials to teach Spanish."

I laughed when she got excited about these things. But when I was at the factory making shoes, I'd also daydream about becoming an important designer. What if Lina was right? What if I worked hard as a maid, as a dishwasher, and then one day, boom, I opened my own boutique downtown? A la gran puta. Back then I thought Franklin Street was something like Fifth Avenue, and I could have my shoes on display with my own clothing line. And every now and then I'd show up so customers could meet me. All elegant, of course, wearing my latest designs.

Ay, Lupe, I sigh when I see that I've been here all these years, and nothing turned out the way I'd imagined back then. When I look down at my work pants and see that I'm still wearing these ugly sneakers whose soles are always greasy from going in and out of the kitchen. Ay, Lupe, still carrying trays, sweeping the floors, my body aching from standing for too many hours during my shifts. Carrying all kinds of boxes, recycling, cleaning the toilets and looking at myself in the mirror, wondering if this shit is indeed better than the world I left behind.

"Of course it is, Lupe. With your savings, you help Minga support your parents every month. She could never do it on her own. And the way things have been going down there, who knows if you'd still be alive."

She's not lying. Just last week on TV we saw a trans woman beaten by one of her lovers. Or by a group of men, according to the owner of the motel where she was found dead. And the month before, a young man was raped and dumped at a park near La Pacífica with the word CULERO written all over his bruised body.

Isolated incidents? Who knows. Every now and then, one pipián has to pay for the sins of all fags. For those who dress up as women and put on makeup. And for those machitos who look for us when it gets dark, even if they hate us afterwards and can't even look us in the eyes.

Why else did they grant me asylum? Lina got me the best lawyer, and within a year I was here, ready for a new beginning, even though I'd paid a high price. Broke and traumatized but ready to star in my own American drama.

When I started cleaning houses with two of Lina's friends, I'd tell them that I was just like J. Lo in that movie, *Maid in Manhattan*. We had so much fun cleaning kitchens, bathtubs, windows, talking shit about the owners who could be real slobs.

"Look at her. Working at the fancy supermarket now," they all teased me when I got the job here.

"You won't be talking to us trash now," Mari would say.

"Yeah, you'll be too good to hang out with these viejas," Ana María would second her.

They were happy for me, and that's why they said those things, knowing that I was moving up the ladder.

I shouldn't complain. The hours are good. The pay is fair, and they give us benefits, even retirement funds to have a decent life in the future, vaya, when we're old. But I don't have the same connection with them that I had with my girls when we cleaned houses for the wealthy. The women here treat me like I'm one of them, I suppose. They invite me to their birthday parties, to their carne asadas, but they'd be suspicious if they saw me drinking beers with their husbands, even if they'd never say so.

The men are more offensive. I walk down an aisle and hear joto, puñal, puto. I don't even turn around to identify them. Could be Martín, the poblano. Or Néstor, whispering an insult behind one of the shopping carts. Or that other guy, Julio, who sings "Querida" whenever I pass by him, as if I were the Salvadoran version of Juan Gabriel. I just walk away from their laughter as fast as I can to restock the shelves, to remove the overripe fruit from the displays or the vegetables that are no longer attractive for the customers. In the beginning, I used to cry in the lady's room because nothing has changed between here and there. In this country I'm allowed to do whatever I want, but the prejudice is always present, and the aggression, like a whisper that comes out of nowhere, or the looks that try to diminish me everywhere. The insults have changed, the slang, the frequency of the attacks, but they're still there. Like thorns. Like daggers in my chest.

"Don't pay attention to them," Lina tries to cheer me up. Or she encourages me to tell the manager that they're calling me names. But I'm too proud or too cowardly to do it. To report them for harassment, according to the law. At least here they don't say anything to my face. They don't wait outside in the parking lot to beat me with a stick or to put a bullet in me.

"Let them talk all they want," I repeat after her, when we make our pupusas for the school fund-raiser. "Let them whisper all they want about this hot body they can't have."

One of these days we're both going to find a special someone. Lina is dying to date that handsome guy who picks up his daughter after school. They talk about his girl's progress, and how she's learning to speak Spanish like one of us. Apparently he can't ask her out because she's his daughter's teacher and that's not allowed here. It'd be the end of Lina if the principal or the gossipy parents found out. But the school year is almost over, and his kid will have a different instructor in second grade.

I saw him once when I was selling my pupusas at the school to raise funds for a new gym. He looks at her todo enculado, like a teenager who's in love for the first time.

"Lina, I think he's going to propose next month," I tease her. And she laughs.

"You're not doing so bad yourself, mosquita muerta," she replies right away. "I know you have a thing for that truck driver who brings fresh produce twice a week."

"Callate, vos," I joke. "We're just friends. That's all."

I don't know if Lina will ever have the guts to go out with that handsome guy, Mark. Or if I'll end up with my truck driver. It's true we flirt a lot. And I make sure I'm outside when he arrives and honks the horn. And smiles, making me melt. Jack is forty-six, has two grown children and has swung both ways since he was young. Tall and bald. Just the way I like them. With tattoos on both arms. He lived in Guatemala for three years when he was a Peace Corps volunteer, built houses for the poor, shaved the bichos' heads to get rid of their lice and played soccer with them after school. Jack speaks Spanish like a Chapín, drinks Zacapa rum, and Flor de Caña. Sends me the silliest messages, wants to get serious with this sexy guanaca.

I wonder what they'd say, babosos, if I walked in with my boyfriend, holding hands. Or if I sat out there with the regular customers and drank expensive beers and asked them to clean our table before our meal. I'd love to see their faces, cerotes, not knowing where to hide, scared that I could report them if they mistreated me one more time.

We'll see how things go after this weekend. Jack has rented a place for us in the Outer Banks, and I'm dying to see the ocean again, to walk on the sand, barefoot, not thinking about what might happen today or tomorrow. Like that one time our parents took us to the beach, when Lina and I were nine or ten, and we forgot for an instant that our country was at war. That we'd be struggling for a long time. With our poor bodies. Far from home.

MY FATHER'S HANDS

"**HOW LONG HAS IT** been since you've been back?"

Death works that way. Preternaturally. How else to explain my sudden obsession with getting to the wake on time?

"I'd better not say," I replied, flirting a moment with the gal sitting next to me, trying out a different voice and approach, which has never been my forte. She was young, freckled, with sleepy eyes and threatening hips. Just what you need when you want to leave your wife.

How different this trip was from that first one taken in the opposite direction, I thought, while we drank the cheap wine they serve on international flights, allowing our extremities to invade each other's space. In a few weeks her boyfriend would arrive and together they'd travel to Ciudad Blanca, see the volcanos, cross the cordillera by train. She talked about visiting the floating islands. Doing the Inca Trail. Going deep into the jungle.

I should have told her in those first five minutes that I was heading to my father's funeral. But that would have changed the dynamic. Her condolences would have produced an uncomfortable distance between us during the rest of the flight.

I don't know when I fell asleep by her side, thinking about that first time, when only passengers were allowed to enter the airport with their passports in hand and a medical certificate proving they didn't have cholera. In the parking lot teeming with street vendors, who were having a field day with the new restrictions, hundreds of strangers and I wept together. We left with a pair of suitcases. A handful of photographs. Anise-flavored nougat. Or a panettone with candied fruit. And gloves, mittens and alpaca blankets to face the unknown.

In the harsh wind you could sense people's desperation to flee this prostrate world. Bombed to its core.

"Don't forget your grandmother's advice," my mother had insisted when we said goodbye. "Step out with your right foot first when you exit the plane. I'll be with you in a month."

It was a white lie. If after so many years she hadn't managed to get her temporary resident visa, how was she going to do it now?

I had been born in the United States, and for that reason alone was able to escape on a direct flight. I would go live with my father at his house, while he did the paperwork for my mother and younger brother. I only knew him by name, but it was worse to stay. The salary my mom earned as a teacher was barely enough. We'd had to move in with my grandparents. Fearing that the next terrorist attack could be in our building. That they'd harvest my organs and sell them. That the cost of living would only keep rising.

We woke up a little before landing, when they turned the lights on in the cabin to serve a simple breakfast.

"Call me," she said, when saying goodbye. "I'm going to be bored these days." And we gave each other a friendly kiss, our lips brushing in passing.

"Of course," I answered, savoring the danger of my promise.

I thought I could pass unnoticed. I wanted to approach the coffin and see if it was true. When anticipating this moment, I'd imagined myself walking in slow motion to the scene of an accident where I'd find him crushed between wheels, his guts spilling out. Other times I'd imagined finding him in a morgue with other cadavers in various stages of decomposition. Or seeing him covered in blood at the edge of a trash dump. In any of these scenarios, the constant was some settling of the score for his final hour.

My mother had described that house with such precision that I immediately recognized the layout of the furniture. The side table with the telephone. The oil painting of a nude woman standing in front of a mirror. Among the murmurs I heard: *It's him. Who? The oldest son. Can't believe he came. Why? They're identical. Just look at him.* Someone took me by the arm as if she knew me, and I let myself be guided among people who seemed to multiply, shrinking the size of the home.

She was seated facing the coffin, chatting with another older woman. During the eight-hour flight, I hadn't had time to imagine what she'd look like now. But it was her. With one eye narrower than the other and her hair dyed two different colors. She stood up and began crying into my chest.

"He's no longer suffering, but we've lost him, hijo," groaned my timeworn stepmother. Not knowing how to free myself, all I could think was that she was leaving a trail of snot on my wool jacket.

I tried to say something, but couldn't. To her left, two heavy-set girls with necklines that were inappropriate for a wake were weeping. They resembled me somehow, like a crude version of myself. Their hair teased to give it volume. Phosphorescent lips. Their makeup over the top, as if they'd been given free makeovers at a mall. The taller of the two's eyebrows were tattooed. The other one couldn't stop fiddling with the diamond stud in her nose that had begun to bother her after so much sniveling.

It was hard to believe that those two were my sisters. They were so different when I took care of them. The younger one was in diapers and the other dressed her dolls up and played house. I had wanted to go to school in a yellow school bus, wearing everyday clothes and not a uniform, like in the movies. But he'd worked himself into the ground at a car shop, doing construction. *Who do you think you are? You think you came here to be a tourist? That you're on vacation?* That's why I took care of them. From six in the morning, when they left for work at the food truck they had rented, until seven at night.

"You look so much like him," the tattooed one declared, hugging me as if we had truly loved one another the fifteen months I'd wiped her butt while swallowing my tears, fearing that with the slightest slipup he'd finish me. With a beating. The way he pummeled his wife in the other room when the girls were asleep, while my blood boiled. Thinking he'd burst in again to destroy everything—the walls, the furniture, our bodies stretched out on cots—with his fists.

"Only you would think to come to the funeral of that scumbag, hijo. It would never have crossed your brother's mind."

Aunt Elisa was right. My brother detested him, even without having enjoyed his company like I had. And maybe that's why I'd felt the need to get on that plane. I had to do it, I explained to her that night, while I made myself comfortable in the small ironing room where she had hung photos of me wearing my uniform from the pizzeria, an old portrait of my mom, my high school diploma.

"And those flights are so long, hijo. I'm sure you haven't even slept. Call your wife and rest."

We talked for almost an hour, with the unrivaled excitement of two adolescents. Lying in bed, lights off, I listened while she told me about her parents' warm welcome; I'd glimpsed sight of them from a distance at the airport. About her lazy bum of a brother who hadn't wanted to wake up at dawn to pick her up at the Callao Airport. About her friends who didn't stop calling so they could hear stories about her job at the bank.

About my turbulent day, I only shared with Vanessa my conversations with Aunt Elisa, whose memories forced me to dust off some of my own, which I'd long given for dead.

"Don't you remember when you were little, and you'd tell us that the bastard had beaten your mom? You could talk so well. You'd lift up her skirt to show us her bruises. And she'd scold you. Tell you to let us eat breakfast and to go play with your cousins. You don't remember? You were three, four at the most. You do remember. You'd tell us right here, standing next to the table. You spoke so proper. Like an old man."

No, I didn't recall, but I did remember how my aunts and uncles gossiped over lunch. The day he'd smashed a guitar over his classmate's head for having written a letter to his girlfriend. Or the time she had to attend a funeral wearing dark glasses to hide the humiliation.

When he met me at the airport, he told me that he no longer wore rings. He'd almost lost his hand in an industrial compressor, and it was a miracle they could save it. Because I didn't know what to say, I held my hand up next to his.

"They're identical," he recognized with certain pride. "The hallmark of my family. The same knuckles. Fingers like tree trunks. Even the shape of the nails."

"You have the hands of an artist," she told me the next day, interlacing her fingers with mine after we slept together at a hostel with views of the cliffs.

I preferred an artist's hands to those of my father. Not those quick-fire hands that landed on my skin. For having burnt the meat that cost a fortune. For having leaned back in the rocking chair and made a dent in the wall. Or for having cut my own hair with kitchen scissors without asking his permission.

I wished they were an artist's although they only knew how to knead bread and make pizza. And not hands that slammed doors every time things didn't turn out right. When I remembered that he'd fucked up my life. Or that I no longer loved her, but I couldn't figure out how to leave her. Because then what he'd told me would be true. That my broken body wasn't worth two shits. That I couldn't even make a woman happy.

I still don't know how I found the courage. In the lining of my backpack, I kept hidden a tiny notebook with the phone numbers of friends and relatives in different parts of the country. In Wisconsin, in Miami, in Texas. They were my emergency contacts. I'd lost my mother's money almost upon arrival. First, out of my own goodwill. Because they were going to repossess his car if he didn't make the monthly payment. Then with violence, when I reminded him that I earned my keep by taking care of my sisters. I lost everything. My will to go on. My appetite. The sight in my left eye. Everything except the notebook. So banking on the fact that they were freshly bathed and asleep, I took a chance with the number of the person I thought might be closest.

The next few days were a long parenthesis in time. We craved each other madly. We walked along the malecón holding hands. We made wishes on the Bridge of Sighs that crosses a ravine, and we bought matching bracelets, so we'd never forget each other. We didn't speak of the future, which was closer every moment. Nor of the past. I guessed she'd been dating the American guy, whom she'd met at a concert, for only a few months. But we skipped those questions. I told her my parents had died. That an aunt and uncle had raised me in southern California. That my brother and I had a business.

Laid out in the coffin, he looked smaller than how I remembered him. He'd returned to die back on home soil. In the house where he was born. The morphine had done little to help him endure the pain in his pancreas. Only flaccid skin remained from his obesity. He was a sweet old man with a yellowing mustache, his two twisted little hands lying on his chest.

I wanted to cry, and I couldn't. I knew by heart everything that I'd inveigh against him. Instead, I started thinking that I should leave her. Even though she'd loaned me the money to buy the pizzeria. Although we wanted to travel the world. Own a boat. Go fishing. I looked for excuses to not accompany her when she visited her family. I arrived late. I was happier making dough, dropping by the tables, treating my favorite customers to a glass of wine, just like my Italian bosses had done when I was young.

"What do we do now?" she asked, the last night we were together, snuggling under the blanket to protect us from the winter's cold.

"Wish each other a happy journey," I answered with my artist hands, not even thanking her for those days of discovery.

And when the speeches began about how good he had been to her, such an excellent father, the best of friends, a wonderful son, I left without saying goodbye, giving his stiff hands one last look. This time I didn't leave a letter for him on the dining room table, dictated by the cousin who had rescued me. Threatening to report him for having abused a minor. I left slowly, my shoulders back and head held high. The way my old lady would have liked to see me as a grown man, if cancer hadn't consumed her shortly after saying goodbye at the airport. I left my sisters with the neighbor in apartment 202. In the care of Señora Magdalena who recognized my father's hands when I lifted my arms to swing them. Or when one of the girls stole my cap, revealing bruises that I dismissed or explained as another fall, a stumble in the kitchen.

"Now don't look back. Be strong, and don't cry," she told me before walking out that door.

There was no time to waste. Only a few minutes remained before his hands would be knocking me to the ground with force. I placed my right foot outside, then my left. Rehearsing my first steps, even though my legs trembled.

Acknowledgments

An early version of this book was published as *Las locas ilusiones y otros relatos de migración* (Axiara, 2020), for which I won First Prize for Testimonial Literature from the International Latino and Latin American Book Fair at Tufts University, in 2020.

I wrote the stories "The Weed Whacker," "A Sip of Benadryl," "Under My Skin," and "Help Wanted" in English. My sincere thanks to Sarah Blanton, Rebecca Garonzik, and Adrienne Erazo for reading and giving feedback on the first drafts of those stories, and to Sarah Pollack for revising them for this collection. Translating myself into Spanish was a pleasurable experience: searching for the exact words, the closest equivalencies, all that I had once dreamed up in my second language. The rest of the stories were written in Spanish and translated into English by Sarah Pollack, whose thoughtful creations have given my voice the gift of new life.

"La última frontera" (included in this work as "The Last Border") was published in *Chiricú Journal: Latina/o Literature, Art, and Culture* (Vol. 2, Num. 2, Spring, 2018). I wrote "A Sip of Benadryl" for the "Writers for Migrant Justice" gathering that took place at Scuppernong Books in Greensboro, North Carolina, on September 4, 2019. My gratitude to Emilia Phillips and Claudia Cabello for inviting me that day to read the story, which was later published in *Label Me Latina/o* (Spring 2020, Vol. 10), with the support of editor Michele Shaul.

"El hombre y el mal" (included here as "One's Illness") first appeared in the book *Mirando al sur, antología del exilio: narrativa, poesía y ensayo*, edited by Hemil García Linares (Fairfax: Editorial Raíces Latinas, 2019). "Assisted Living" was included in the anthology *Cuentos de ida y vuelta: 17 narradores peruanos en Estados Unidos*, edited by Luis Hernán Castañeda and Carlos Villacorta, (Lima: Peisa, 2019). And "El último zarpazo" ("Cats and Dogs") was published in *Latin American Literature Today* (Issue 10, 2019). Sarah Pollack translated "Los columpios" ("The

Swings") for *Asymptote* (April 13, 2021) and "Las locas ilusiones" ("Dreams in Times of War") for *Literal: Latin American Voices* (October 17, 2022). I wrote "Under My Skin" in the spring of 2021 under the auspices of the Institute for the Arts and Humanities at UNC Chapel Hill. Tim Marr, the director at the time, gave me the idea to write a story about a strange disease caused by contact with green tobacco, and I immediately began researching about Latinos who cultivate these leaves in the fields of North Carolina. The story was short-listed for the Doris Betts Fiction Prize and was published in the *North Carolina Literary Review* in the fall of 2022.

I would like to thank the editors of these journals and books for their permission to collect my stories in this bilingual volume, *Dreams in Times of War/ Soñar en tiempos de guerra*, where they appear in their definitive version. My gratitude to the entire team of the University of New Mexico Press and Encrucijadas/Crossroads series editor Santiago Vaquera-Vásquez: for so much literary synchrony; for all the shared roads through this world of letters. In Mexico City, Mérida, and Santa Barbara. In Chapel Hill, New York, and Guadalajara.

These stories are mine, but they also belong to all who have undertaken similar journeys, their lives on a knife-edge but their hearts full of hope of reaching a different world.

Soñar en tiempos de guerra

cuentos

OSWALDO ESTRADA

Para los que llegamos juntos
sin que nadie nos llamara

Exilios

Están aquí y allá: de paso,
en ningún lado.
Cada horizonte: donde un ascua atrae.
Podrían ir hacia cualquier fisura.
No hay brújula ni voces.

Cruzan desiertos que el bravo sol
o que la helada queman
y campos infinitos sin el límite
que los vuelve reales,
que los haría de solidez y pasto.

La mirada se acuesta como un perro,
sin siquiera el recurso de mover una cola.
La mirada se acuesta o retrocede,
se pulveriza por el aire
si nadie la devuelve.
No regresa a la sangre ni alcanza
a quien debiera.

Se disuelve, tan solo.

—Ida Vitale

Contenido

Prefacio   91

Las locas ilusiones   93

Mala hierba   103

La última frontera   110

Assisted Living   114

Un traguito de Benadryl   120

El hombre y el mal   123

Debajo de mi piel   128

Los sueños de la razón   138

Los columpios   144

El último zarpazo   150

Help Wanted   157

Las manos de papá   166

Agradecimientos   172

Prefacio

Desde niño he tenido la mala costumbre de inventar otras realidades torciendo los hilos de mi propia vida, los sueños ajenos y las pasiones e inquietudes de aquellos que buscan otros horizontes. Lo hacía de camino al colegio, en Lima, cuando deambulaba por las calles bajo la eterna garúa, e imaginaba cómo vivirían los vendedores ambulantes, los hombres de saco y corbata en el paradero del ómnibus, los cambistas de dólares, o las mujeres que cargaban a sus hijos en la espalda y llevaban el peso de sus vidas en triciclos y carretillas destartaladas. A mi abuela le divertían mis cuentos, que imitara a las vecinas y a los personajes del mercado a la hora del almuerzo, que contara situaciones imaginarias con lujo de detalles, como si las hubiera vivido. Y alimentaba mi fantasía con los cuentos que le contaba su abuelo en un pueblo perdido de la sierra peruana, donde los hombres y las mujeres tenían su santo y seña, allá lejos, donde los vivos conversaban con los muertos y los niños jugaban en un río de aguas diáfanas, junto al Puente Corellama. Esos cuentos me salvaron cuando llegué a Estados Unidos. Para no sentirme tan perdido en mi segunda lengua recreaba relatos y escenarios donde convivían, en paz y en guerra, personajes del presente y el pasado. Nutría mis diálogos con las voces que escuchaba en el *high school*, de gente recién llegada de México o de algún rincón centroamericano, y ensayaba en mi cuaderno oraciones de un mundo inédito que a veces parecía nuestro. Con esas voces he construido castillos de humo en ciudades de paso. Casitas de papel empeñadas en no derrumbarse, aunque el viento sople en su contra y mueva los cimientos donde viven siempre los que son de otra parte.

LAS LOCAS ILUSIONES

> Leaving is no problem. It's exciting actually;
> ... it's a drug. It's the staying gone that will kill you.
>
> —Daniel Alarcón, "Absence"

ERAN DÍAS INCIERTOS. De muchas sombras y noches eternas. Alumbradas por lámparas de querosene y velas delgadas, esbeltas. La luz se iba cuando los protagonistas de la telenovela estaban a punto de darse un beso y la gente corría a juntar agua en lo que fuera. En ollas y jarras, en baldes de plástico y botellas, antes de que los caños se secaran por completo. Soñábamos con irnos muy lejos. En tren o en barco, pero sobre todo en avión. Para ver el mundo desde el cielo.

—Me voy a presentar en el consulado hasta que se cansen de mí. Estos gringos jijunas me van a dar la visa, aunque sólo sea para no volver a verme. Que me la den por una semana. Por un día, si quieren. Y te juro por ésta que agarro mis chivas y me largo para siempre.

El tío Lucho era así. No se daba por vencido, aunque ya le habían negado la visa cuatro veces.

—¿Qué te hace pensar que te la van a dar esta vez? —preguntaba la tía Elisa para hacerlo entrar en razón.

Tenía esa corazonada. Quería irse como otros cientos y miles que huían a los Estados Unidos, a España, o a Japón.

—Si no te abren la puerta, te metes por la ventana —le había jurado una bruja chilena dos años antes en Miraflores—. Allá está tu destino. Lo veo en las cartas. Te vas y no vuelves.

Por eso me aseguraba a la hora del almuerzo que nuestro futuro estaba en Los Angeles o en Nueva York.

—Allá tenemos familia —alegaba con pasión—. Amigos. Y tú tienes un pasaporte americano, sobrino. Un salvoconducto para salir de este infierno.

Yo sabía que había nacido en este país, pero la posibilidad de mudarnos acá era remota. ¿Con qué dinero emprenderíamos esa travesía? Mi padre vivía en algún lugar de los Estados Unidos, pero era un fantasma, un mito. Sólo una o dos veces al año enviaba a casa de su madre un billete de cien dólares, envuelto en papel platina, para cubrir seis meses de pensiones atrasadas. ¿Con qué dinero si mi madre hacía malabares para estirar el sueldo? Enseñando inglés en un colegio particular. Dando clases a domicilio. Inventándose cursos de verano para comprarnos útiles escolares, uniformes y zapatos para comenzar el año.

Eran tiempos de guerra. Hacíamos colas interminables para recibir unos cuantos víveres cada quince días o un mes. Tomábamos leche en polvo y comíamos pan popular. Raquítico y moreno. Caminábamos de prisa, mirando a todos lados. Siempre pendientes de no violar el toque de queda. Temerosos de que la próxima bomba fuera a explotar en nuestra calle. Frente a una comisaría. En la puerta de la escuela.

—¿Y si nos vamos, mamá?

—La vida allá no es tan fácil como la pinta tu tío —contestaba distante, temerosa. Sin darme opción de réplica. Si no había podido salir adelante junto a su amor de adolescente, ¿cómo podría empezar desde cero, separada y con dos hijos?

Conocía la historia con puntos y comas. El trabajo de mi padre estacionando autos en un restaurante. Sus peleas. Sus pocos momentos de diversión. Viendo películas desde el auto, en un cine al aire libre. O comiendo hamburguesas con otros peruanos que estaban en las mismas. O peor. Viviendo en comuna, trabajando como bestias. Había escuchado la historia tantas veces que los podía imaginar a sus veinte años en una guerra campal. Solos. Aguantando climas extremos. Y a mi madre llorando, queriendo regresar. Arrepintiéndose de haber dejado sus estudios en Lima por irlo a buscar. Caminando por una larga avenida con una panza de siete, ocho y nueve meses. Sufriendo por no saber hacer nada. O atemorizada por hacerlo todo mal.

Lo sabía y me dolía. Pero volvía a la carga con una obsesión enfermiza. Modificando las súplicas, las promesas, resolviendo cualquier problema como lo hacían *Punky Brewster* o *Webster*, los niños de las series americanas a los que amábamos de lejos.

—Vámonos, mamá. Yo también puedo trabajar. Allá los niños ganan dinero ayudando a los mayores en el supermercado, venden limonada en la puerta de casa, lavan los carros de sus vecinos. Y tú hablas inglés. Puedes trabajar donde sea.

Ella repetía lo mismo de siempre. Que no insistiera. Que la dejara en paz. Hasta el día que regresamos a vivir con sus padres y prometió renovar mi pasaporte. Para que no siguiera con la cantaleta. O porque en el fondo deseaba lo mismo, aunque la aterrorizara volver otra vez a un departamento minúsculo, donde aprendió a sufrir de más.

No fue fácil comprobar en el consulado americano que el recién nacido de la foto era yo después de tantos años. Por pelearse y amistarse cada tres meses o cuatro, yendo y viniendo de casa de los padres a casa de los suegros, discutiendo a muerte por un televisor Panasonic, que era lo único material que les quedaba de su estancia en Anaheim, mis padres olvidaron registrar legalmente que había nacido en el extranjero.

—Él es americano —comentaban con orgullo en cualquier reunión familiar, como si las huellas de mis pies en un documento foráneo pudieran librarme de todo mal.

—El día que quiera toma un avión y se va —sentenciaba el tío Lucho, guiñándome un ojo. Con total complicidad.

Yo le daba la razón al tío, espigadito, con sus lentes culo de botella y medio calvo. Soñador como ninguno. Por eso comentaba con mis compañeros que cualquier día me iría. Que tal vez el año entrante ya no estaría con ellos.

—Qué suerte tienes —me decía Amelia, cuando oía mis planes en el patio del colegio—. Ya me hubiera gustado nacer allá en tu tierra y no en Huancayo.

Me gustaban sus pecas, sus lápices de colores y esa vocecita cultivada en la sierra. Nos reíamos de todo. Del profesor Ordóñez que nos escupía cuando daba la clase de Cívica o de González, el gordo feliz que enseñaba Educación Física con la camiseta levantada por encima del ombligo.

—Te voy a escribir todos los meses — le prometía—. Y cuando vuelva de vacaciones te voy a traer una maleta llena de regalos.

—¿Me lo juras, Saravia?

Ni en sueños imaginaba lo mucho que costaría renovar mi pasaporte americano. O salir del Perú después de haber vivido en la ilegalidad por casi catorce años.

—¿Ilegalidad?

—Sí, señora —le aclaró el agente de migraciones—. Su hijo entró al país con un permiso de noventa días.

—Eso es ridículo. Nosotros somos peruanos.

—Si quiere legalizar su situación debe pagar los impuestos acumulados a lo largo de estos años.

Mi madre se arrancaba los pelos al cotejar los miles y millones de intis que debía por no haberme registrado a tiempo.

—Si nos hubiéramos quedado allá —suspiraba de repente—. Si hubiera sido más audaz. Tendríamos otra vida. Seríamos independientes.

Y entre un llanto y otro volvía a convencerse de haberlo hecho bien.

—¿Cómo iba a quedarme allá sola y con un hijo enfermo? No hubiera nacido tu hermano. Hubieras crecido sin tus abuelos. Yo trabajando todo el día, quién sabe en qué, y tú en una guardería. O en el hospital. Con sondas y mascarillas para poder respirar.

Era mi culpa. O la del tío Lucho por meterme ideas en la cabeza. Y debía pagar quedándome allá para siempre. Como mi hermano que había nacido en el territorio patrio. Como todos mis amigos que soñaban con mudarse a los Estados Unidos para ir a Disneylandia, o subir y bajar por las calles de San Francisco. Me quedaría sin comer pizza en una esquina. De pie, en pleno frío. Sin pedir un taxi a gritos en una ciudad de grandes edificios. Sin subirme a un autobús amarillo.

Maldecía la hora en que se me ocurrió que podíamos irnos. Si antes andábamos ajustados, ahora debíamos. Al Estado y a la madre que lo había parido. Y todo por haber nacido en un hospital gringo.

Mi hermano me consolaba como si pronto me fueran a llevar a la cárcel. Me regalaba sus galletas de animalitos. Sus calcomanías. Alguna golosina. Del mismo modo en que dejaba en mi cama regalos cuando me veía enfermo, tosiendo hasta ahogarme, respirando con dificultad.

—¿Y si el tío tiene razón? —me preguntaba en la oscuridad del cuarto—. ¿Y si te saca por Chile o Ecuador?

—Déjate de tonterías, Lucho. Sólo a ti se te ocurre algo semejante —lo regañaba mi abuelo desde la cocina—. ¿Quién te crees? ¿*MacGyver*? ¿*Indiana Jones*? Ponte a trabajar y no hables disparates.

Él insistía en que podía sacarme por Huaquillas o por Arica. Me llevaría de contrabando hasta uno de los extremos del país. Y me camuflaría en un camión de mercaderías, debajo de un asiento. O en el maletero. Como en las películas de acción.

No hubo necesidad de hacerlo. Pagando aquí y allá, con un reloj de oro, una esclava Lomo de Corvina y una cadena con un brillante, mi abuela consiguió lo impensable. No sólo el traslado del sello de ingreso a mi flamante pasaporte americano sino un segundo sello granate expedido por la Dirección General de Migraciones y Naturalización, autorizando mi salida del país "por permanencia concluida".

Nadie podía creer que después de meses de rompernos la cabeza y llorar por los rincones, mi abuela María lo hubiera logrado como se habían hecho las cosas toda la vida. Hablando con un paisano. Pidiéndole el favor a un primo suyo. Tratando el asunto con un coronel y entregando obsequios a cada paso.

Lo celebramos en grande, pasando el pasaporte de mano en mano como un talismán, aplaudiendo a la abuela por resolver las cosas a su manera, como en la sierra. Brindando por mi futuro. Planeando una fiesta. Hasta que alguien se dio cuenta que debía abandonar el país en quince días.

Mi madre se echó para atrás. ¿Quince días? Con tanto papeleo mío, no había tramitado sus propios documentos ni los de mi hermano. Debía demostrar solvencia económica, entregar estados de cuenta, títulos de propiedad y otros papeles que por supuesto no tenía. Necesitaba, además, una autorización del juez de menores para que mi hermano pudiera salir del país, firmada en persona por ambos padres. Porque legalmente seguían casados y no existía constancia alguna de que mi padre hubiera salido del Perú hacía años.

No sé cómo logré convencerla. O si todos intercedieron por mí. No hice huelga de hambre, como ella, cuando mis abuelos se opusieron a que se casara con su enamorado en los Estados Unidos. No tiré un portazo. Ni lloré siquiera, como hizo ella hasta que su padre le compró un boleto de avión, prefiriendo verla viva, aunque fuera lejos, y no cerca y muerta, como la tía Juana María. Muerta de amor, según la familia, o de tuberculosis, de acuerdo al certificado de defunción.

Cuando entró a buscarme al dormitorio, ya estaba decidida. Con la cara lavada y serena.

—Tus abuelos te van a comprar el pasaje. Y te vas a llevar mis ahorros. Como un seguro. Por cualquier emergencia.

Iría a casa de Carolina, la amiga que siempre le había ofrecido recibirnos. O con una prima, en el sur de la Florida. Sólo por un par de meses, mientras ella regularizaba su situación y la de mi hermano.

No había tiempo que perder. Necesitaba una maleta, ropa nueva. Poner al día mis vacunas, obtener una constancia de estudios de mis tres años de secundaria para matricularme en un colegio americano. Cortarme el pelo. Cambiar el marco de mis lentes que estaban a punto de romperse.

Sólo nos faltaba un certificado médico para comprobar que no había sido infectado por el cólera que venía cobrando vidas por toda la costa, cuando mi padre llamó por teléfono. Así. De repente.

Se había enterado por mi abuela Lina que todo estaba listo para mi viaje y quería hacerse cargo de mí. Me podía quedar con su hermana Graciela en Miami un par de semanas. Y ella misma me llevaría hasta Los Angeles.

—Es lo mejor —insistía con una voz que yo desconocía—. ¿Cómo vas a mandarlo con una prima si me tiene a mí? Déjame demostrarte que he cambiado, le rogaba. Y te prometo ayudarte con los papeles. Ir a firmar lo que sea. Para traerlos aquí.

Era poco probable que tuviera la bacteria del cólera. Hervíamos el agua antes de beberla, lavábamos todo con jabón. Evitábamos el pescado y las verduras crudas. Pero a partir de esa llamada comencé a sentir los síntomas que anunciaban por la radio y la televisión. Náuseas. Vómitos. Tenía el estómago destrozado. Dolores en el cuerpo.

—Es tu decisión.
—¿Y tú qué piensas?
—Yo ya no sé ni lo que es bueno.

Entendí la gravedad de la situación cuando llegamos al Callao. Debido a los últimos atentados, sólo los pasajeros con boleto y pasaporte en mano podían ingresar al aeropuerto. Todos lloraban en la vereda. Al pie del estacionamiento. Haciendo encargos de último minuto. Dándose besos urgentes frente a los guardias de seguridad. Armados y amenazantes. De piedra ante el dolor ajeno.

Hubiera querido despedirme de los amigos del colegio. Que estuvieran ahí Amelia Ojeda, Acosta o Fernández. Kathy Lázaro. David Barrera. Pero viajé un 28 de febrero por la tarde. Estábamos de vacaciones y no hubo modo de avisarles.

En la casa de la tía Elisa me despidieron un día antes de partir. Con discursos sentidos y anécdotas, humitas de choclo, un bizcochuelo de naranja y los bocaditos de siempre. Galletas con mantequilla. Palitos de aceituna y queso fresco. Estaban de moda las canciones de Wilfrido Vargas y Juan Luis Guerra. Nos tomamos fotos felices de dos en dos, en grupitos de cuatro, frente a la mesa. Los mayores con una copa en la mano y nosotros haciendo muecas. Juramos escribirnos siempre. Y no llorar.

Mi abuelo tenía un nudo en la garganta. Me abrazó lo más fuerte que pudo sin quebrarse por dentro y me despidió pidiéndome que fuera valiente y no tuviera pena por ellos. El papá Carlos. Siempre pendiente de sus hijos y nietos. De pagar las pensiones del colegio, de que no faltara nada en la mesa. Callado. Correcto.

Mi hermano estaba feliz por mí. Me encargó que le mandara un *Nintendo* y un *skateboard*. Que lo llamara de vez en cuando para que me contara de la gente del barrio. Me regaló un caramelo de limón.

—Para que lo chupes allá arriba. Cuando estés volando.

—Yo no te pido nada, sobrino, porque en un par de meses estoy allá. Estos gringos no van a poder conmigo. —El tío Lucho era un mate de risa—. Aunque sea por tierra me voy. Con mi mochilita y mis zapatillas.

La abuela María lo interrumpió para pedirme que pisara con el pie derecho al bajar del avión. Con sus supersticiones había sacado adelante a la familia. Evitando tirar la basura de noche. Interpretando los sueños. Tocando jorobas por la calle y pensando que cruzarse con un cojo en la mañana daba buena suerte.

—¿No me crees? Créele a esta vieja que sabe de sus brujerías. Acuérdate de pisar con el pie derecho y no te quites el lazo rojo de la muñeca.

No lloró porque las lágrimas de una madre son malas para los hijos. Y había pagado con creces no saberlo a tiempo.

No sé cuántos pasos más di con mi madre dentro del aeropuerto. Como era menor de edad, pudo entrar conmigo, pero sólo hasta el primer mostrador de *AeroPerú*, donde revisaron mis documentos y nos despedimos. Era flaquita, como cuando vino a casarse a los Estados Unidos. Quería llorar a solas. En la cama y con las luces apagadas. Fingiendo una migraña. Pero se hizo la fuerte. Era su orgullo. El hijo que tanto le había costado. Por mis bronquios débiles. Por el temor de perderme a cada paso.

—Ahora no hay vuelta atrás —alcanzó a decirme antes de cruzar la puerta, como le dijera su padre quince años antes al despedirla en ese mismo aeropuerto—. En un mes estoy contigo. Abrígate, hijo. No tomes bebidas heladas. No hagas desarreglos...

No alcancé a oír todos sus encargos, pero entendí que no había retorno cuando el avión se elevó por encima del suelo limeño. Abajo quedaron los cerros pelados. El polvo y la garúa de todo el año. Los techos con su ruma de sillas viejas, escobas, ladrillos y palos. Las voces del recreo y el mercado. La calle de Las Perdices y la Avenida Santa Rosa donde había vivido ilegal por tantos años. Y mi lugar en la mesa. A la hora de la formación.

Como todo provinciano que sale por primera vez de su patria chica rumbo a la ciudad, no me desprendí de mis objetos personales en todo el viaje. Revisé no sé cuántas veces que el dinero de mi madre y mis abuelos siguiera cosido a los bolsillos del pantalón. Y me puse a esperar. La única vez que me paré para ir al baño fui con mi pasaporte, mi partida de nacimiento, mis certificados de estudios y la constancia de que no tenía cólera. Había crecido en un mundo tan violento, de niños delincuentes que dejaban a sus víctimas en calzoncillos, atracos a todas horas y asaltos en el autobús, que pensaba que me iban a robar en pleno vuelo. Por eso tampoco hablé con mis vecinos de asiento, un señor barrigón y una viejita con el pelo de tres colores, aunque insistieran en saber quién era, a dónde iba y por qué viajaba sin mis padres.

Haciéndome el dormido, me acordé que en sexto de primaria nos llevaron al mismo aeropuerto internacional de donde habíamos salido esa tarde para subirnos a un avión y hablarnos de Jorge Chávez, el héroe máximo de la aviación peruana que se estrelló en Italia, después de cruzar los Alpes por primera vez en 1910. Llegamos en un ómnibus destartalado, de asientos precarios, decorado con anuncios de *No fumar, Al fondo hay sitio, Ceda el asiento a los mayores, Toque el timbre* (inexistente) *para bajar*. Nos sentaron en un avión de *Faucett* y nos sirvieron un refrigerio diminuto, en bandejitas de plástico, como si estuviéramos jugando a la casita con el piloto y las aeromozas. No fuimos a ninguna parte. Sólo encendieron las turbinas por unos instantes, antes de bajarnos a patadas. Por malcriados. Irrespetuosos.

Los más viejos del salón se habían puesto a cantar *La gallina turuleca* cuando el capitán estaba hablando de las turbulencias, las mascarillas de oxígeno, las salidas de emergencia. Nos dio un ataque de risa con los cocachos y sopapos que repartía nuestra maestra para poner orden en el avión. Y entonces empezaron a volar en la cabina los proyectiles de papel, las chompas y las servilletas. Al ver que estábamos perdidos, Valverde se puso a pedir auxilio.

—Se cae el avión —gritaba—. Nos vamos a morir aquí mismo.

Y nosotros gritamos con él cuando el viento rompió nuestras alas y caímos, como el insigne piloto peruano, en tierras italianas. Estrellados en la pista de aterrizaje. Castigados en la dirección.

El mundo se hizo otro cuando el avión comenzó a descender sobre la Florida. Era de noche. Nunca había visto tantas luces encendidas a la vez. En Lima los focos de los postes que no estaban quebrados de una pedrada alumbraban con un amarillo deprimente. Esto era otra cosa. Luces de colores. Radiantes. Hermosas. Distribuidas por manos invisibles en el escenario de la noche.

Al bajar del avión seguí a las personas que caminaban apuradas en una sola dirección. Llegué al lugar donde revisan los pasaportes y le conté mi historia al oficial de inmigración. Muerto de miedo. Pensando que cuestionaría la veracidad de mis palabras. Mi ciudadanía. Como en Lima. No sé de dónde era, pero adoptó una actitud amable conmigo. Como si me conociera de siempre y en verdad supiera todo lo que había pasado hasta plantarme frente a él. *Bienvenido a casa*, fue lo único que dijo. Y yo entendí que podía seguir el camino marcado por las líneas blancas pintadas en el piso. Caminé un trecho largo, siguiendo a los otros pasajeros, doblando a la derecha y a la izquierda. Pisando firme. Con el corazón a todo trote y a punto de llorar. Porque de tanto ensayar el cuento de ser peruano americano, o americano criado en un Perú de pocas luces y violencias, olvidé lo más importante para ganar esta guerra: pisar con el pie derecho al bajarme del avión.

MALA HIERBA

ME PREGUNTO QUÉ HARÁ estos días. Cuando miro por la ventana y veo que hay que cortar el césped otra vez, que los arbustos cerca del buzón de las cartas están muy crecidos, que el jardín no es el mismo desde que se fue.

—He intentado cuidarlo —le dije la primera vez que apareció por aquí. Avergonzado de enseñarle el estado deplorable del jardín. Lleno de plantas muertas. Y hierbas gigantescas que se habían reproducido en un abrir y cerrar de ojos sin que yo me diera cuenta, con tallos agresivos y hojas y flores, millones de flores que jamás se verían bien en un jarrón.

—Tranquilo, *míster* —me calmó con una sonrisa amplia. Tratando de hacerme sentir bien—. A partir de ahora yo me encargo, y ya verá que en unas semanas se empieza a ver mejor. Déjelo en mis manos.

Lo de buscar a alguien no se me ocurrió hasta que ese otro tipo vino a instalarme una nueva cocina. Mientras subía la vieja estufa a su camión, me preguntó si necesitaba ayuda con el jardín. Le dije que no, por supuesto. Pero él insistió, diciéndome que su amigo no me cobraría tanto.

—No es por el dinero —le contesté, haciéndome el digno frente a un extraño al que no vería otra vez—. A mí me gusta hacerlo.

No podía contarle que había dejado de cuidar el jardín cuando mi esposa y yo nos separamos, que me irritaba la idea de arrancar malas hierbas bajo el sol, o que su penosa condición reflejaba mi estado mental.

—Sólo le digo, señor, que si necesita ayuda —insistió respetuosamente, intuyendo mi crisis interna— Lino es el mejor jardinero de todo el Triángulo.

—¿Lino? ¿Es un nombre italiano?

—No, señor —comenzó a reírse con el cheque en sus manos—. Se llama Ravelino. Pero nosotros le decimos Lino. Y a él le gusta. A la gente de aquí se le hace difícil pronunciar su nombre completo.

Le envié un mensaje de texto esa misma noche explicándole que estaba interesado en que me hiciera un presupuesto por sus servicios de jardinería. Y ahí estaba al día siguiente, tocándome la puerta cuando volví del trabajo.

—Tranquilo, *míster* —volvió a decirme con clara empatía por mi desorden, y sentí que podía confiarle mis malas hierbas y mi césped y mi vida, si podía arreglar todo con sus tijeras de podar y su sierra eléctrica.

En esos primeros meses, Lino transformó el huerto en el Jardín del Edén. Semana tras semana quitaba troncos viejos, horqueteaba el césped y quitaba malas hierbas, sobre todo a mano, pero también con un espantoso cortador de maleza con el que imponía su voluntad. Trasplantó las azaleas que recibían demasiado sol y movió las gardenias raquíticas al frente de la casa, diciendo que nunca florecerían bajo la sombra de los arces.

Lo dejé que hiciera esto y aquello, aunque pensara que se aprovechaba de mí. Pidiéndome más fertilizante y herbicidas, veneno para las babosas y otros productos que me parecían innecesarios para un jardincito en un barrio de clase media.

—¿De veras necesitas esa bolsa de fertilizante natural para los rododendros al costado de la casa?

—Papá, dale el dinero nomás —me exigía mi hija, sonriéndole a él—. El jardín nunca se ha visto tan bien. Ni siquiera cuando mamá tiraba allá afuera sus cáscaras de plátano y de huevo. Sus residuos de café.

Anna tenía razón. Y yo sólo quería verla feliz cuando viniera a quedarse conmigo por tres días seguidos. O cada dos fines de semana, de acuerdo con el contrato de separación. ¿Por qué tenía que ser tan tacaño con el jardinero si sólo estaba haciendo su trabajo? ¿Y qué si la bolsa de fertilizante costaba cuarenta dólares? No me estaba pidiendo que le pasara una pensión alimenticia ni tampoco estaba peleando conmigo por la custodia compartida de una niña de doce años.

Lino y yo teníamos un acuerdo. El jardín era mío, pero él lo cuidaba como le daba la gana. Yo le pagaba cada quince días y punto.

—¿Le gusta, *míster*?

Cómo no me iba a gustar. El año pasado había recibido dos o tres notificaciones de la Asociación de Propietarios sobre el mal aspecto de mi jardín. No podía seguir así, desarreglado, me indicaban con mayúsculas, o me multarían. Mi descuido devaluaba a todo el barrio ante posibles compradores, leí en una segunda carta, y no me había importado en absoluto.

Ahora los vecinos estaban tan sorprendidos con el cambio que me pidieron el número de teléfono de Lino y lo habían contratado para que les arreglara sus jardines. Lino estaba en el barrio prácticamente todos los días, hasta los fines de semana. Podando aquí y allá. Cortando el arbusto de las mariposas, regando unos crisantemos y unas hortensias de grandes hojas, abonando las flores, aunque los niños se quejaran de que estuviera siempre ahí, detrás de ellos, interrumpiendo sus juegos. Con su azada y su pala, mezclando la tierra con sus manos desnudas. Arrancando hierbajos indeseables, malezas y plantas rastreras que crecen a lo loco con el calor sureño.

—Pronto vas a tener tu propio negocio con todos los clientes que tienes aquí en el barrio.

—Ese es el plan, *míster*. Estoy cansado de lavar platos en el restaurante. Con el dinero que gano de jardinero, he comprado mis propias herramientas. Quiero dejar la otra chamba y dedicarme a esto. Manejar mi troquita con un letrerote que diga *El Weed Whacker*.

—¿En serio? ¿Hablas de esa herramienta que corta la maleza con un hilo de nailon?

—Así es, *míster*. La señora Jarred me llamó así el otro día que me vio cerca de sus plantas delicadas. Y me gustó.

Lino. Bajito y robusto. Con piernas y brazos musculosos. Hecho en México como mis ancestros que seguramente también trabajaron como posesos bajo el sol de California. En construcción y en restaurantes para que mi padre pudiera tener una buena vida. O para que yo fuera a la universidad y consiguiera un gran trabajo.

Le pedí que me llamara Pablo a los pocos meses de trabajar en mi jardín. Pero nomás no podía. "No, *míster*, usted es mi patrón," me respondía respetuoso. Del mismo modo en que algunos de mis empleados en el museo me llamaban *sir* al hacer una pregunta, debido a sus modales sureños, incapaces de llamarme por mi primer nombre.

Después de todos estos años de vivir aquí todavía me irrita el uso de *sir* y *ma'am*, aunque sea bien intencionado. Lo que ellos ven como señal de educación y buen comportamiento me hace pensar en la esclavitud y las plantaciones. Que Lino me llamara *míster*, con su acento mexicano, era otra cosa. Para él yo no era un historiador del arte sino un hombre con un jardín deplorable, necesitado de su buena mano. Y ahí siempre estaba. "*Míster*, mire lo que hice hoy. ¿No le dije, *míster*, que estas plantas se verían mejor después de un tiempito?" Era su manera de dirigirse a mí con una mezcla de amistad y compasión. Sabiendo que ambos habíamos salido del mismo barro.

Cuando desapareció, noche y día pensé en las muchas conversaciones que habíamos tenido. Sobre su rutina en el restaurante, sobre sus compañeros de trabajo que cantaban rancheras en la cocina y sus trocas de comida preferidas, donde le gustaba pedirse tacos de lengua y de tripa, consomé de borrego y un pozole picoso que lo calentaba cuando hacía frío. Hablamos de sus padres, allá en casa, que trabajaron en el campo hasta que sus cuerpos se partieron como viejas herramientas. De sus hermanos que querían venir al costo que fuera, arriesgándose a ser arrestados en la frontera. Y de los hijos que quería tener, especialmente cuando empezó a salir con Nancy, una mujer de El Salvador.

—¿No crees que tienes de sobra con los dos hijos de ella? Los niños son muy latosos, Lino —jugaba con él, señalando a mi hija sentada en el patio de adelante, con sus audífonos puestos, texteando a sus amigos, indiferente al mundo de afuera.

—Yo lo sé, *míster*. Pero quiero los míos. La hija de Nancy es un poco mayor que la suya. Ni siquiera me habla. Se cree lo máximo. Y el niño está con los videojuegos todo el día. No dice ni una palabra cuando estamos todos juntos, desayunando, cenando. Me ven como si yo fuera un criminal que se aprovecha de su mamá.

Una parte de mí quería decirle que los adolescentes son así. Criaturas de otra especie que poco se parecen a los niños que juegan baloncesto aquí en la calle, a los niños y niñas que todavía saludan a sus padres cuando vuelven del trabajo. Y los abrazan y los besan como si no los hubieran visto en años. Los jóvenes son otra cosa, quería explicarle. Y no hay fertilizante ni fórmula mágica que sirva para ayudarlos a crecer mejor. Lo único que puedes hacer es esperar que vuelvan cuando sean adultos y comiencen a dejarte fuera de sus vidas.

Quería contarle que Margie y yo desperdiciamos mucha energía peleando como perros y gatos por nuestra hija, hasta que nos separamos. Porque yo no estaba en casa lo suficiente para compartir la responsabilidad de criarla. Tenía deberes acumulados, un viaje de trabajo. Porque detestaba llevar a Anna a jugar con alguna amiga, donde tenía que hablar de idioteces con otros padres que me aburrían soberanamente. O porque le daba demasiada azúcar y no controlaba lo que ella veía en el iPad, ni las amistades que tenía en la escuela, en el barrio.

Pero me quedé mudo, sabiendo que Lino tendría que aprender la lección por su cuenta.

Lo busqué por todos lados cuando dejó de contestar mis mensajes. Fui al restaurante donde trabajaba de lavaplatos y nadie me dio razón, excepto uno de los meseros que pensaba que lo habían sacado del país.

—¿Deportado?

—Es posible, señor. Usted sabe cómo son las cosas cuando uno no tiene papeles.

Yo sabía que Lino era indocumentado, como la mayoría de sus compañeros en el restaurante. Pero también sabía que alguien tendría que haber llamado a migración para reportarlo. ¿Quién hubiera podido hacer algo así? Lino se llevaba bien con todos, tenía una buena relación con Nancy, trabajaba como jardinero por las tardes. ¿Quién podría haberlo denunciado? ¿Uno de mis vecinos? ¿Los niños que se quejaban de él?

Pasé frente a la tienda mexicana en Davie Road, donde los indocumentados pasan horas esperando que alguien los lleve a pintar una casa, a trabajar en la construcción, a levantar una cerca, o a quitar árboles de los jardines, de las aceras, cerca de los cables de electricidad.

Fue inútil. Nadie conocía a Ravelino Aguilar. Ni a Lino Aguilar Pérez de La Piedad, Michoacán. De un metro sesenta. Fornido. Con el pelo negro, abundante, y enormes manos callosas que trabajaban duro para ganarse el sustento. Recortando arbustos. Podando plantas perennes. Construyendo muros de contención y moviendo piedras de todos los tamaños para embellecer jardines y senderos, o decorando las puertas de los huertos con rosas trepadoras y jazmines amarillos. Aparte de los vecinos que seguían preguntando sobre su paradero por varias semanas, nadie más sabía de sus habilidades para plantar la salvia azul para atraer a los colibríes o esas lantanas que atraían a cientos de mariposas.

Me di una vuelta por varios carritos taqueros en el pueblo, pero nadie lo conocía. Sólo una señora que vende consomé de borrego frente a la planta purificadora de agua me dijo que no había visto a Tino en un buen rato. ¿Tino o Lino? Le pregunté de inmediato, pero ella no entendió la diferencia o estaba muy ocupada con otros clientes que esperaban en la fila. Su teléfono estaba desconectado permanentemente, y no sabía dónde vivía con Nancy, una mujer a quien yo nunca había visto. De El Salvador, cuyo apellido jamás averigüé. Sólo sabía que vivían con sus hijos en Mebane, o en Burlington, en un apartamento de dos dormitorios. Que ella limpiaba casas.

Al principio traté de cuidar el jardín para mostrarle que había hecho un buen trabajo durante su ausencia. Para dejarle saber a él y a los vecinos que me sentía mejor, incluso después que mi hija me dijera, en la cena, que su madre había comenzado a salir otra vez. Con un especialista en impuestos que, al parecer, tenía su propio negocio. Y después con un profesor de ciencia. O un arquitecto.

Regaba las plantas después del trabajo y trataba de arrancar las malas hierbas que empezaron a invadirme otra vez. Pasé mis fines de semana cortando el césped y quitando ramas muertas, recogiendo hojas secas como una forma de terapia. Molesto con él por abandonarme sin previo aviso. Y molesto con ella por darse una segunda oportunidad cuando nuestra relación se fue a la mierda. Porque nos alejamos el uno del otro, supongo, como dos plantas cuyos tallos necesitan diferentes cantidades de agua y luz solar.

Cuando John, el vecino de la casa azul, me mandó una foto de Lino en el periódico local, pensé que era un chiste de mal gusto.

¿De verdad era él con esa camiseta roja, parado contra una pared? ¿Era él mirando a la cámara con una expresión en blanco que no le había visto antes? Sin sus herramientas de jardinería. Sin ninguna enredadera a su alrededor. Ni flores de ningún tipo. Sólo un fondo de cemento que acentuaba sus pequeños ojos marrones. Sus labios sellados. ¿Pidiendo perdón? Quizás. ¿Negándose a decir algo para defenderse?

Miré la foto por horas, por días, para ver si era él o una terrible equivocación. En busca de respuestas, como los otros vecinos que lo habían contratado para que les arreglara sus jardines, tratando de descubrir cuál podría ser la versión de Lino con respecto a lo ocurrido. Una explicación, si fuera posible, algo que nos dejara saber que todo lo que habíamos escuchado era mentira.

Me pregunto cómo pasará sus días. Si es, de veras, ese hombre de treinta y siete años que vi en el periódico con tres acusaciones de delitos sexuales contra una adolescente. De entre trece y quince años, según esa y otras páginas que encontré en internet.

Pienso en él cuando trato de ordenar el desastre en el que se ha convertido el jardín de la entrada. O cuando quito las hojas alrededor de la hoguera donde mi hija y yo nos sentamos para preparar *s'mores*, tratando de reinventarnos ahora que su madre ya no está. Por no haber sido una buena pareja, imagino. O por haber tomado decisiones incorrectas para mi familia, una y otra vez.

—Lo veo el próximo miércoles, *míster* —me dijo la última vez que lo vi. Con una sonrisa amplia.

Y me pregunto, a todas horas, qué hubiera pasado si su novia no lo hubiera denunciado a tiempo. Si siguiera merodeando fuera de mi casa. Arrancando hierbajos, cargando troncos de árboles y arbustos delicados con sus brazos amenazantes. Si la víctima hubiera sido mi hija, en lugar de la de Nancy.

LA ÚLTIMA FRONTERA

LE GUSTABA CONTAR CÓMO habían pasado sus parientes y amigos. Por los cerros, por la playa, en el maletero. O sentados al lado del conductor, a vista y paciencia de los agentes de inmigración en San Ysidro. En los treinta y cuatro años que llevaba en Santa Ana había ayudado a muchos, contaba, sin olvidar la ropa que traían, el pelo tieso o alborotado, la mugre pegada a la piel, y sobre todo el espanto de la frontera en los labios.

Los personajes que de pronto aparecían en la cocina, mientras ella preparaba sus comidas cargadas de ajo y comino, provenían de una película inédita. Llegaban polvorientos, con el cansancio del cruce en la mirada, golpeados por la inclemencia del desierto, hambrientos. Debían ser esos hombres que entraban a su casa entre las cinco y las seis para recibir un plato de comida casera, un vaso de refresco o una cerveza.

Increíble que esa mujer de gestos toscos y ojos descolgados, coronada por una mala permanente y varios tintes de oferta, fuera la misma a la que llamaban en Lima: La China de Mierda, La Perdida y La Grandísima Perra por seducir a su hijastro a los pocos años de llegar a los Estados Unidos.

—Cuando tu papá cruzó en 1975 —cuenta un día cualquiera— lo fuimos a buscar al cementerio de Chula Vista. Salió de una de las tumbas. Medio muerto. No había comido nada en muchos días. Estaba flaco y ojeroso, pálido de pena. Tito y yo le llevamos una muda para que se quitara los trapos sucios del viaje. Gracias prima, nomás me dijo. Y se puso a llorar.

—Si yo te contara de toda la gente que he ido a recoger al otro lado —habla fascinada, mientras doy un paso atrás y ella saborea la cuchara.

Con su retintín de catequesis, a miles de kilómetros la voz de mi madre me pide que me aleje del pecado, que me vaya a mi cuarto, que no la escuche, que así es como las mujeres mañosas atrapan a los adolescentes incautos como yo.

Pero sus palabras hechizan. No porque ella sea, como soñé antes de verla, el fiel reflejo de una prostituta limeña apodada La Virgen Inmaculeada en el colegio.

Astra Nakama perturba y atrae al mismo tiempo.

—En San Clemente le dije tú tranquilo, primo. Éstos son como perros y huelen el miedo. Venía en el asiento de atrás. Mirando de frente. Y mira cómo es la suerte que ni siquiera nos pararon. El oficial nos hizo una seña y pasamos.

—¿Sabes también quiénes pasaron por los cerros? La abuela Alicia, el Chicho, el viejo Nando, el Chato, tu tía Elsa y tu tío Arturo. No vinieron juntos. Los que llegaban primero trabajaban como burros para traerse a los otros. Así vinieron los primos, los tíos.

—A Paulina, la tía Julita tuvo que drogarla —cuenta entre guiños y aspavientos—. Le dieron allá en Tijuana una pócima para que la niña se durmiera. No te rías. Te lo juro por ésta. Duérmete, Pau, le dijo. Y la niña obediente pasó dormida, como si fuera la hija menor de unos mexicanos con residencia que viajaban con otros dos niños en una troca llena de comida.

—Anastasia, en cambio, pasó por la playa. Le costó el doble, pero fue la única forma de hacerlo porque el coyote no la quiso cruzar por los cerros. Como era tan flaquita y estaba vestida para un matrimonio, el hombre prefirió pasarla como cruzan a la gente bonita. Desde este lado pasó una gringa con un vestido celeste por la orilla del mar. Iba despacio, pisando al ras de las olas, con sus zapatos en la mano. Anastasia se puso el vestido al otro lado, una peluca rubia que le tenían preparada, y caminó de regreso buscando las huellas de la gringa, con el miedo en una mano y los zapatos en la otra. Dice que había helicópteros y patrullas y que no notaron el cambio. ¿No me crees? Pregúntaselo un día de éstos y verás que no te miento. Caminó unos doscientos metros que se le hicieron eternos.

Esas vidas eran parte de su currículum. Había entrado por la puerta grande. En avión y por Los Angeles, con su neceser y un abrigo de piel. Pero se sentía miembro de una legión de supervivientes que habían llegado aquí a gatas, de las formas más increíbles, para trabajar en lo que fuera.

No había sufrido las penurias del cruce. Pero aseguraba haber sudado lágrimas y pasado las de Caín en este país, adivinando que yo sabía algo.

Decían algunos que Tito los encontró en su cama. Otros señalaban que no era cierto. Puros cuentos. El tío Esteban decía que había sido testigo ocular de las miradas cómplices entre el hijastro de dieciséis años que llegó del Perú y su nueva mamacita. Lo decía así, con picardía, cagándose de risa, aprovechando que nadie sabía qué fue del susodicho, cuánto tiempo fueron amantes, si se casaron, si conocieron la felicidad completa o sólo la puntita.

Había sido cajera en el Vons, mesera en un par de restaurantes, limpiadora de casas y hasta traductora en una corte. Pero desde hacía unos años se dedicaba a darle pensión a los peruchos que llegaban a su casa recomendados por algún amigo.

—Lo que más aprecia uno cuando está lejos de casa, hijo —reflexiona, clavándome sus ojos rasgados— es sentarse a comer en familia. Es muy duro estar lejos y comer solo. Como un perro.

Por eso dejaba la tele encendida, para que sus invitados comieran viendo el partido. Los comensales entraban por la puerta principal cantando algún valsecito, entonando una salsa, contando un chiste a gritos. Se metían a la cocina y probaban sus guisos metiendo los dedos en las ollas. Arreglaban sus carros en la puerta los sábados y los domingos, con la Radio AMOR a todo volumen, como en el taller de la calle Bristol.

Cuando supe que se estaba muriendo de cirrosis fui a verla al hospital.

Invadida de sondas, sueros y jeringas, ya no es la misma. Dice que la peor de todas fue la vieja Alicia que llegó a este lado en una pestilencia terrible.

—No le dije nada, pero apestaba a mierda. Yo pensé que se había cagado o que había pisado caca en el camino. Tito no decía nada, por respeto, supongo. Pero tuve que hacer un esfuerzo sobrehumano para no vomitarla.

El cuarto huele a lejía de hospital y a su agua de colonia.

—Cuando llegamos a la casa, la llevé al baño, le di toallas y ropa que me había quedado del embarazo. Fue entonces, cuando me estaba dando la vuelta, que la vieja se sacó la bolsa de las tetas.

No doy crédito. Pero le sonrío en silencio, como si otra vez tuviera catorce años y estuviéramos esperando a los comensales, mientras ella termina de preparar la cena.

—Me dijo que el pescado se lo habían llevado a la mesa justo cuando el coyote llegó por ella. En vez de dejarlo, la vieja cochina lo puso en una bolsa de plástico, se lo acomodó en el sostén y así corrió todo un día y toda una noche.

Nos reímos juntos, tomándonos de las manos. Vislumbro por un instante a la seductora de hombres. A la inventora de cruces y pases.

—Ella fue la peor de todas —insiste—. Nos contó que compró el pescado en Tijuana, pero yo nunca le creí. Ni porque fuera verano. Yo creo que la vieja desgraciada se lo trajo desde el Perú. Porque era un olor insoportable como el que nunca más he vuelto a oler en mi vida.

Se acomoda en la cama con dolor, tose y me aprieta otra vez.

—Fue ella quien le contó a Tito que yo me había tirado al hijastro, cuando supo que iba a dejarlo. Y me puso el pescado en la mesa. El huachinango que había sudado en sus tetas mugrientas.

ASSISTED LIVING

PARADA FRENTE AL ESPEJO del baño, Mariana ensaya su mejor sonrisa para darse ánimos. Aún tiene los ojos grandes, la piel tersa y una mata de pelo que ni en sueños imagina cenicienta. Repasa sus líneas con esmero, contestando preguntas imaginarias con gestos practicados desde el día anterior.

—Cuando te pregunte si tienes experiencia, dile que cuidaste a una viejita de noventa años. La bañabas. Le cambiabas los pañales. La atendías desde las siete de la mañana hasta las cinco de la tarde. Acuérdate de las pastillas. Lisinopril para la presión alta. Fosamax para la osteoporosis y Psyllium para el estreñimiento.

Elsa la ha preparado al milímetro.

—Después de bañarlos hay que ponerles cremas humectantes con base de caléndula. Para moverlos utilizamos dos sábanas superpuestas, colocadas entre la cintura y el trasero.

Hasta le ha prestado el uniforme que lleva puesto.

—Ya después te enseño a cambiar un catéter —gesticula divertida—. O a bañar a un residente sin sacarte la mierda.

—¿Y si me pide referencias?

—Invéntate lo que sea —le guiña un ojo y aprieta los labios con malicia callejera—. Le dices que se mudaron. Que perdiste el contacto.

Le tiembla todo. Teme equivocarse en la entrevista. Que se note que jamás ha limpiado un culo de vieja.

—Yo te llevaría a mi casa, flaquita —le dijo Sergio al recogerla del aeropuerto—, pero vivo con cuatro enemigos de la limpieza. Mejor vas a estar aquí con una amiga. Te puedes acomodar en su sala mientras consigues algo.

Ha cambiado tanto desde que fueron enamorados. Tiene barba. Usa lentes de marco oscuro. Está medio calvo. Pero le dice "flaquita". Y eso le basta para sentirse segura cuando se acuesta en el colchón inflable que coloca detrás de la puerta.

—El trabajo no es fácil —le explica la señora Sherman. Y ella piensa en las cuatro semanas que lleva en el país y no consigue nada. Ni en los supermercados ni en el establecimiento donde lavan carros—. La mayoría de nuestros residentes requiere de cuidados intensivos. Hay que cambiarlos de posición cada dos horas para evitar las llagas en la piel. No controlan sus esfínteres. Los cargamos para darles un baño.

Elsa no le ha hablado de los gritos que oye en la entrevista. Los llantos roncos. Carentes de género. Los rostros maltratados que ha visto por el pasillo le dan pánico. Sus bocas chuecas, desmoladas. Los ojos hundidos en el infierno. Teme que la agarren desprevenida las manos huesudas de algún anciano. Perderse en esos pasillos que huelen a cloro y medicina. A cadáveres fétidos en proceso de descomposición. Pero el dinero que lleva cosido en el calzón puede acabarse. Debe intentarlo. Por ella. Por su hija de diez años.

—Sería ideal que tuvieras el certificado. Si vas a los entrenamientos de los sábados en seis meses puedes ganar veinticinco centavos más por cada hora de trabajo.

Quiere abrazarla y llorar de alegría. Pero se contiene. Elsa y las otras compañeras de casa le han explicado que los gringos evitan los besos y abrazos efusivos.

—Lo primero, flaquita, es conseguirte los papeles. Mañana y pasado trabajo hasta las siete, pero el viernes nos vamos a Los Angeles. Dile a Elsa que te lleve a la farmacia donde toman fotos tamaño pasaporte. Péinate como chibola. Con ese lacito que usabas en la academia. Para que parezca una foto de hace años.

Le responde con una sonrisa de papel. Rasgada de nervios. Aprieta la cartera donde custodia su flamante tarjeta de residente permanente, un número auténtico del seguro social y una licencia de conducir donde luce más infantil. Piensa en Paola y le reza. Quiere comprarle juguetes del Centro Comercial. Esos vestidos que no hay allá.

La encargada de Recursos Humanos fotocopia sus papeles sin hacerle una sola pregunta. La hace llenar un formulario para incorporarla al sistema.

—Si te llevan a la oficina de Yeisy —vaticina Elsa—, ya la hiciste. No le hables en español. Es mexicana, pero de chiquita le hablaban en inglés para que no sufriera. Por eso dice "gracias" como si tuviera una papa caliente en la boca. O tonterías como "vamos las quitar las sías" cuando tenemos una actividad en el salón.

Elsa y sus ojitos vivarachos. Su pelito ralo y ese bigotito que no intenta disimular.

—Si he podido yo sin tener estudios. Sin hablar inglés. De venir de la miseria. Cómo no vas a poder tú que eres secretaria ejecutiva y encima bonita. Ya hubiera querido yo, carajo —le dice para animarla y la pellizca para reírse juntas.

—*Thank you, Yeisy* —pronuncia con su mejor acento. Colocando la lengua entre los dientes, como le enseñaron las monjas en el colegio.

—No tienes nada que agradecerme, flaquita. Debería odiarte por haberme dejado hace años —le reclama divertido—. Pero no aprendo. Soy reincidente. *Una palabra tuya bastará para sanarme.* Una llamada antes de subirte al avión y ahí me tienes buscándote hospedaje, lavando mi polito, planchando mi pantalón para recibirte en el aeropuerto. Soy un caso clínico, lo sé. Un huevón.

Sus tonterías le gustan. Las repite de camino al *Assisted Living* y se ríe a solas pensando en la vida que hubieran podido tener juntos. Sólo toma el autobús cuando llueve. Así se ahorra los tres dólares de ida y vuelta.

—Por lo menos llevo zapatillas —le cuenta a su madre por teléfono—. Uso una faja con tirantes para no fastidiarme la espalda. Tomo la presión. Escribo reportes. Paso medicinas —cuenta orgullosa.

—Sí, hija. En un asilo para ancianos.

Cuelga rápido para no acabarse la tarjeta, prometiéndole a su madre y a su hija que en unos meses se las lleva.

—Vivo frente a un parque —les dice—. Ya están cambiando las hojas de los árboles. Tu colegio tiene jardines, canchas de tenis, columpios en el patio.

No cuenta que la señora Marshall le ha arrancado los pelos en tres ocasiones, gritándole *wetback*. Que el jueves se resbaló en la ducha con un residente. Que a Elsa la escupen. Ni que algunos viejos decrépitos embarran sus heces en las sábanas y los rieles. En las mesas de noche y en las paredes.

Aguanta estoica el olor repugnante de la lejía. Limpia explosiones digestivas tarareando alguna canción de los setenta. Y si le sobra algo de tiempo peina a sus viejos con cariño. Les recorta las uñas. Los rasura con amor. Incansable, Mariana sube y baja por su largo corredor. Empuja sillas de ruedas, lleva orinales en las manos, pañales inmensos, toallas, sábanas. También gasas, algodones, un carrito de medicinas, pastillas de mil colores organizadas en bandejas diminutas.

—Quién te vio y quién te viera, flaquita. Cuando te vi en el aeropuerto pensé que no aguantarías ni un mes. Y ahora eres una profesional del moridero. Doblas los turnos. Hasta te duermes con el uniforme puesto.

Ella se ríe. No se queja del dolor de espalda. Ni de los pies que después de ocho o dieciséis horas de estar parada le duelen terriblemente. Cuando el horario de los dos lo permite, se van juntos al Inca. Comen pollo a la brasa y saludan a otros que acuden ahí para ver el partido. Algunos llevan en el valle toda una vida. Otros acaban de llegar. Organizan rifas, polladas. Se pelean por cargar al Cristo Moreno el día de la procesión. Celebran fiestas patrias.

—Es lo que tiene este país —le dice Sergio mientras bebe alegre la última cerveza del fin de semana—. Allá nunca te hubieras juntado con ellos y aquí son tus patas. Les cuentas tus penas. De tu hijita que te pregunta cuándo la vas a traer. Los abrazas.

Es cierto. Antes de aterrizar en la sala de Elsa nunca había escuchado esas cumbias y chichas. Ni había meneado las caderas cantando *no te asombres si te digo lo que fuiste* ni esa quebradita pegajosa de un *chavalo que está rechulo y que tiene coche*. Con Elsa y sus hermanas, con una prima que compartía uno de los cuartos con la señora Trinidad y con Clarita había creado una familia alternativa. Discutían porque la última no había cambiado el papel higiénico. Porque una de ellas siempre sacaba la basura. O porque la menor de todas se acababa los galones de leche y los guardaba vacíos en el refrigerador.

—Mejor regrésate, mami. Tú dijiste que sólo unos meses y mira cuánto ha pasado.

Le pide que sea paciente. Que haga sus tareas y obedezca. Llora sobre el hombro de Elsa y se deja consolar con uno de sus platos nacionales.

—Por algo he sido cocinera, Marianita. Dime si un cebiche como éstos no te quita las penas.

—Sólo unos meses —le promete. Y pasan años. Sueña en el departamento que comparte con Sergio frente al parque Lanark que a su madre le dan la visa con el pretexto de llevar a su nieta a Disneylandia. O que alguien la lleva hasta México. Que un coyote piadoso la pasa por la frontera ahora que ya es más grande y puede cruzar el desierto.

—Cómo se te ocurre —razona Sergio mientras ven juntos una película en la sala—. Si es horrible para los hombres, no te quieres imaginar lo que puede pasarle a una jovencita como Paola. Mejor ni te cuento las cosas que he visto en esas tierras malditas.

Comienza entonces a maquinar nuevos planes. Debe contactar al padre para que se presente con su hija en la embajada. Si a ella le dieron visa por un mes, ¿por qué no podrían dársela a ellos? Ella le pagaría todo, hasta la ropa para la entrevista. Los boletos de avión. La bolsa de viaje. Lo que pidiera.

Sergio suspira y le besa la cabeza sin ganas de desarmarle los planes. Le soba los talones y le cuenta los pormenores del día manejando ese camión en el que transporta de todo. Lavadoras. Lámparas. Persianas de madera. Se queja del trabajo para distraerla. Le duelen los riñones. Si tuvieran un hijo, piensa. Si lograra convencerla.

—También podría viajar con los papeles de su prima —reflexiona, ignorando sus males—. Se parecen bastante. Claudia me ha dicho que podríamos intentarlo, pero su esposo no quiere. Dice que estamos locas, que nos meterán presas por tráfico de menores.

Le molesta su tranquilidad. Que le quite los lentes y la tape con una manta cuando se queda dormida frente a la tele. Haberse quedado con él y firmar su sentencia. No te vayas, le decían las chicas. Y no les hizo caso. Con lo bien que estaba allá, en su trocito de sala. Compartiendo los gastos de la casa. Intercambiándose la ropa cuando se iban a una fiesta. Como hermanas. Viendo películas con Elsa. O la novela con la señora Trinidad.

—A veces quisiera volver —explota un día cualquiera en el cuarto donde tienen un microondas, un refrigerador, una cafetera.

Se ha quitado la blusa embarrada por las manos canallas de un residente. Y así, en sostén, sin pudor alguno por sus carnes ajadas, llora como la primera vez. Elsa baja la mirada. Sabe lo que es. La desesperación de estar atrapadas. Limpiando culos. Muriéndote con ellos. Aguantar que una vieja loca te eche agua en la espalda y se ría, diabólica, enseñándote tres muelas despostilladas. Sus encías macabras. Comerte los regaños de la jefa cuando te descubre hablando tu lengua. Encontrarte arañazos en la piel manchada por la desgracia. Y sentir el olor a muerte cuando te acuestas y te levantas. Cuando piensas en tu hija y en tu nieta que acaba de nacer. Cuando te quedas cinco, siete minutos bajo la ducha y lloras a tus anchas, antes de vestirte otra vez.

UN TRAGUITO DE BENADRYL

—DUÉRMETE, MI VIDA. TE prometo que aquí voy a estar cuando abras los ojos. Sé buena, Elena. No digas nada. Y no vayas a llorar. Quédate quietecita. Un momento nada más.

A Mami le gusta contar que yo era tan obediente que me quedé dormida apenas me lo pidió para cruzar la frontera en el asiento trasero de un viejo Dodge. Haciéndome pasar por la tercera hija de una familia mexicana con papeles. Agarrando mi mantita y chupándome el dedo.

Yo no me acuerdo de nada. Pero he oído el cuento tantas veces que me imagino ahí. Con un vestido rosa y mis moñitos del mismo color. Temblando de miedo, pero confiando en ella plenamente. Hacía calor. Los vendedores ambulantes caminaban entre los carros que esperaban en línea, vendiendo sombreros, piñatas, juegos de lotería. Collares y alcohol barato. Guitarritas.

¿Yo tendría dos, dos y medio? Mami siempre cambia esta parte. Lo que nunca le cuenta a nadie es que me dio Benadryl. Ese jarabe te puede matar si tienes menos de cinco años. Pero a fuerzas tuvo que hacerlo.

—Se durmió como un angelito —les cuenta a sus amigos de confianza— sin mencionar que me hubiera podido morir.

¿Cuánto se tardó en caminar hasta el otro lado? ¿Cuántos fueron sus pasos? La imagino asustada, con su visa de turista en la mano, rezando para que no me despertara gritando por ella, mientras la familia Vega pasaba por los controles de inspección en San Ysidro y San Clemente. Esperando en la fila junto a otros que entraban al país con sus pasaportes azules y tarjetas de residencia. He escuchado que la gente espera una hora o dos en un día de mucho movimiento. Ella dice que no se tardó tanto. O estaba demasiado ocupada rezándole a San Judas Tadeo.

Mami. Delgadita y armada de valor. Bien puesta para la ocasión con un vestido rojo, de verano, comprado en El Palacio de Hierro. Una inversión, me recuerda. Y un pequeño veliz con la única ropa bonita que pudo sacar de la casa, cuando mis abuelos fueron a rescatarnos.

Ella jura que estuvo ahí cuando me desperté. Le pagó a la familia mexicana mil quinientos dólares y guardó el resto para comprar nuestros pasajes a Carolina del Norte. En el Greyhound.

Sé lo que está pensando. ¿Por qué alguien cruzaría todo el país para venir hasta aquí? En un camión. Se lo he preguntado a mami muchas veces. Yo me hubiera quedado, no sé, en California, donde la gente se mira como nosotras. O en Nevada... en Nuevo México, siquiera. En Texas, por el amor de Dios... Pero no. Mami tuvo que venirse hasta aquí. Todo porque su hermano conocía a alguien en Carrboro que podía darle trabajo y un lugar para vivir. Eso es lo que ella dice. Yo creo que en realidad quería alejarse de la frontera, sabiendo que su visa expiraría en unos cuantos meses. O que mi padre podría encontrarnos si nos quedábamos cerca de México.

Y aquí estoy. Dieciséis años después. Matriculada en su clase para estudiantes de primer año. He sido buena todo este tiempo. Saqué excelentes calificaciones en la secundaria. Hice algo de servicio comunitario. Le di de comer a los vagabundos el Día de Acción de Gracias. Hice todo lo que hay que hacer para que me admitieran. Usted quiere que escribamos una autobiografía cultural, contando de dónde somos, describiendo el camino que nos ha traído hasta la universidad. Y yo sólo quisiera cerrar los ojos y dormirme en el asiento trasero de ese viejo Dodge.

Mami dice que tenemos suerte de estar aquí. Que lo haría otra vez. Por mí. Y por ella. Que limpiaría casas ocho, diez horas al día. Aunque esos químicos hayan destruido sus pulmones.

Sé que tenemos suerte. Hemos estado juntas en las buenas y en las malas. No me encerraron en una jaula para luego deportarme. Pero mi corazón se paraliza cuando veo a la policía en la esquina de la Jones Ferry Road, frente a La Guadalupana. Nunca me quejo si me tratan mal cuando pregunto dónde está el baño. Ni cuando me dicen que no tengo una reservación, aunque la tenga. O si alguien me mira feo por hablar mi lengua.

—No digas nada —me dice mami, una y otra vez—. Retírate nomás.

Estoy acostumbrada a estar callada, y ahora usted quiere que participemos. Que compartamos nuestras ideas, nuestros sentimientos. Que discutamos. Pero nomás no puedo.

A los americanos les encanta protestar. Sobre la matrícula, las clases. Sobre los derechos de los animales y algunos monumentos.

—No me importa que me arresten —dicen. Muy orgullosos. Sin miedo.

Pero nosotros no podemos. Tenemos que pasar desapercibidos.

—No llames la atención —me previene mami.

Los güeros, en cambio, animan a sus hijos para que sean políticos, cirujanos. Científicos o el próximo presidente de los Estados Unidos.

Soy Elena López, profesor. Pero podría ser Mariela Hernández. Orfelinda García. Jenny Méndez. Me siento atrás, lejos de la puerta, y casi nunca hablo. No puedo ver películas con escenas de violencia doméstica. Me recuerdan que mi vida sería diferente si mami y yo no hubiéramos tenido que huir de eso. Ella quiere que estudie para maestra o enfermera. Pero yo quisiera ser abogada para ayudar a otros en mi lugar. A otros que jamás podrían dormir sin tomarse primero un traguito de Benadryl.

EL HOMBRE Y EL MAL

NACIÓ ASÍ, CON EL mal incrustado en el pecho. Y aunque los médicos le aseguraron a su madre que lo superaría en la adolescencia, con cada crisis aprendió a vivir más cerca de la muerte. Extrañaba entonces el barrio, el olor del pan recién hecho y la garúa borracha de nostalgias y sueños incumplidos. La ropa húmeda. Hasta los apagones que le enseñaron a reconocer el mundo en la oscuridad. O el agua juntada en garrafas, ollas, bidones.

Le dolía el pecho. Sobre todo cuando leía el periódico y veía que todo seguía igual. O peor. Atentados en la capital. Secuestros. La explosión de un coche lleno de dinamita en una calle residencial. Odiaba el olor de la tinta deshaciéndose en el sudor de sus manos, pero volvía a él como penitencia.

Su madre solía abrigarle los pulmones con hojas de papel periódico, y lo mandaba al colegio con las noticias pegadas al cuerpo. Cualquier otro niño de nueve años se hubiera rebelado ante ese martirio, pero su madre lo hacía con tal fervor, planchando el periódico para aplicárselo caliente con un ungüento traído de la selva, que se resignó a quitarse los pliegos secos a lo largo del día. En el paradero del autobús. En el baño, a la hora del recreo.

Tocar el periódico era volver al infierno, pero también a la casa y al claustro circular donde cantaba los lunes el Himno Nacional, a veces lloroso por las bombas lacrimógenas que llegaban hasta los muros del antiguo colegio.

El dolor era tan intenso como el de su bronquitis asmatiforme. La angustia de no poder respirar y un vacío aniquilante. Una zanja en el centro de la caja torácica por donde se le iba la vida cada vez que tosía. Nada lo calmaba. Sólo a veces las manos en el pecho con las que intentaba arrancarse los pulmones para liberarse de la mucosidad.

Y así como un día sentía morirse, después de algunas noches interminables en que se detestaba por ser tan enclenque y maldecía al mundo por haberlo parido, se levantaba sin síntoma alguno. Tal vez una leve tos. El rostro demacrado. Las ojeras del insomnio. Pero sobre todo la sensación de haber sobrevivido una guerra.

—Te ves bien —le decían sus amigos, palmeándole la espalda.

Y a partir de entonces comenzaba un nuevo ciclo. No era el mismo. O sí. Sólo que mucho mejor. Sacudiéndose las saudades por encima del hombro, salía por la puerta con la determinación de empezar otro capítulo. Vuelta de página. Adiós. Olvido. Era su método de supervivencia, un ejercicio macerado con esmero. Así se adaptó a la nieve del Norte. A los calores inmamables del Sur. Al viento gélido de los grandes lagos. A otros sabores y acentos que degustaba de camino al trabajo, en el metro. En el supermercado.

Se sentía mejor cuando dejaban de preguntarle de dónde era. Cuando de pronto se encontraba ahí, sentado en el bar, conversando con cualquier vecino. Tomando una cerveza local. Discutiendo la calidad de este queso. Recomendándole a alguien un vino. Ni él mismo sabía en qué momento ocurría esto. Respiraba hondo, sin el terrible silbido de las noches en que su madre intentaba curarlo con algún remedio casero o cuando él, ya grande, bebía frascos enteros de *Formula 44*.

En vez de corregir a la gente que pronunciaba su nombre como el número uno, le gustaba entonces sentir que ese *One* también era él. O el único él. Para ahorrarse las preguntas, el malestar de una jota en la lengua de ellos, se presentaba así, imitando su acento. Y de pronto era Uno, sólo UNO.

—Como el juego —les decía, invitándolos a reírse con él.

Estuvo a punto de casarse con una chica que lo llamaba John. Pero después de unos meses se arrepintió. Se sentía tan extraño en esa mesa donde los padres de ella servían descomunales trozos de pavo, pasteles de calabaza, dulce de cerezas.

—Si no te gusta la comida, cariño, no tienes que comerla —le dijo al oído con esa vocecita melosa que lo despertaba por las mañanas para hacerle el amor con entrega y vocación.

—No, no es eso —le respondió aturdido, sin saber cómo explicarle que el mal había vuelto. No era la comida, pero sí el suegro entregado a identificar en voz alta y en español los platos, los cubiertos, como para que él lo aplaudiera por haber aprendido la lección. Cuchara. Cuchillo. Tenedor.

—¿Estás seguro que se dice *cuchillo* y no *cochío*?

—Sí, señor. Se dice *cuchillo*.

—Qué raro. Yo siempre he dicho *cochío* —le dijo decepcionado y poco convencido.

El mal había vuelto. Lo sintió mucho más cuando los señores lo presentaron con otros invitados a la cena de Acción de Gracias como el prometido de su hija y él sintió ahogarse en esa familia, en sus fines de semana sentados frente al televisor viendo el partido, comiendo nachos, salchichas, bolsas gigantes de papas fritas, alitas de pollo picantes y costillas embadurnadas de miel y salsa de barbacoa.

—Lo siento —le dijo esa noche. Y cortó por lo sano.

El malestar le duró varias semanas en las que otra vez se sumió en el dolor. Le dolía ahí. Sentía ese frío pulmonar tan conocido. Tosía. Se doblaba por los rincones. No se hallaba en ninguna parte. Quería volver, aunque fuera a lo mismo.

—Me duele el pecho —le contaba a su madre por teléfono, para no decirle la verdad—. Si estuvieras aquí me harías ese caldito de ajo. El emoliente.

—No —lo animaba ella—. Las infusiones de eucalipto y huamanripa. Abrígate hijo. Allá no tienes quién te cuide. Pero estás bien, tienes trabajo. Estás vivo. Cuántos hubieran querido salir como tú y no han podido.

La vieja tenía razón. Volver sería una locura. Tanto que había costado el viaje, el cruce por esos matorrales donde Dios no existe. Y el hambre. Pedir empleo. De lo que sea. Todo era cosa de buscar nuevos aires. Usar el inhalador. Encontrar otra gente, otro trabajo. Un lugar distinto.

Cuando sentía que le venía el acceso, metía cuatro trapos en una maleta y se iba.

—Me han ofrecido otro trabajo —les decía a los compañeros—. Allá pagan más. No hace tanto frío.

No le importaba dejar a los nuevos amigos, a la gente con la que había celebrado cumpleaños y llorado la muerte de sus parientes. Las novias eran reemplazables, se consolaba, aunque estuviera enamorado de Martha y se hubiera acostado con Susana, la amiga de ella.

Se acostumbró a eso. A mudarse a cada rato cuando comenzaba a sentirse a gusto. Cuando dejaba de extrañar. A veces ni él mismo quería mudarse. Pero decía tengo que hacerlo. Me están esperando. Me tengo que ir.

Cuando no podía irse de inmediato, se juntaba con otros que también padecían del mismo mal. Se reunían un viernes, un domingo. Preparaban sus comidas y se disculpaban porque el potaje no había salido igual que en casa.

—Es que allá las papas son más ricas —decían—. Aquí el pollo sabe distinto.

Y lloraban con los valses del ayer. Sufrían a sus anchas, a media luz, acompañados de palmas y guitarras. *Cuando te vuelva a encontrar* se arrancaba uno, y a coro cantaban todos *que sea junio y garúe*.

Así se le fue media vida. Errante. Perdido. Echando raíces por todas partes y arrancándose de tajo una y otra vez. Murió su madre. Construyeron edificios en el barrio al que nunca volvió. Y él siguió fluctuando entre ser y no ser. Llevaba su enfermedad con la dignidad de los que vuelven de la batalla y lucen orgullosos sus muñones, la ausencia de un brazo, el amor patrio en una silla de ruedas.

—¿Y entonces por qué te quedaste, papá? —le preguntó su hija una tarde en que lo sacaba a pasear del brazo—. ¿Por qué te quedaste después, cuando pudiste volver?

—Por ti —le dijo—. Cuando tu madre y yo supimos que estaba embarazada me puse a llorar como un niño. Me quise quedar. Pero no como Uno. Ni Johnny. Ni *One*. Quería ser tu papá, aunque para eso tuviera que deshacer para siempre la idea de regresar. Cuando naciste —tose, se ríe, y vuelve a toser— le pregunté a la doctora si habías heredado mi mal.

—Es muy pronto para saberlo —me dijo—. Casi siempre las enfermedades respiratorias se desarrollan al año o año y medio. Depende de varios factores. El desarrollo de algunas alergias, cierta predisposición genética, el ambiente en el que la niña crezca.

—Pero yo soy asmático de nacimiento.

—Tendremos que observarla con cuidado. No se preocupe, señor. Si ha heredado su mal, ahora hay mil maneras de combatirlo. Inhaladores, vacunas preventivas. Nutricionistas expertos en enfermedades respiratorias.

Le cuesta creer que sea posible una vida sin ungüentos, infusiones, baños de bajo vientre, periódicos planchados, brebajes selváticos. La posibilidad de que el mal muera con él. No más crisis ni accesos. Ni noches interminables por la tos o los toques de queda. Ni una terrible explosión. En la calle. En el pecho.

—¿Y se arrepiente, don Juanito, de haberse quedado? —le preguntó su hija, haciéndole una caricia en la cabeza ausente de cabellos.

—No —le dijo el hombre—. Tienes los pulmones de tu madre. Heredaste su vocación para la felicidad.

Tosió con dolor, agarrándose el pecho. La miró hondamente y recordó en un instante sus dos coletas. El día que la llevó a la escuela y se puso a llorar para que no se fuera.

DEBAJO DE MI PIEL

It's that time of day
when the musty smell of dust hangs in the air

—Gloria Anzaldúa

—ESE HOMBRE QUE VES allá es tu padrino. Si algo me pasa, ve y búscalo. Él se encargará de ti. Es lo menos que puede hacer después de todo lo que hice por sus hijos.

Me fastidia que mi mamá se ponga tan dramática y empiece con la cantaleta que repite desde hace años. Que se va a morir. Un día de estos. Y debemos prepararnos.

Siempre ha sido así, como una actriz de telenovela mexicana. Escandalosa.

—Pronto te vas a aliviar, mamá —le aseguro, dándole un beso en la frente, arreglándole el cabello antes de venirme a la escuela—. Si te acuestas un rato, estarás como nueva en unas horas. Para mañana a más tardar. Pero no trates de levantarte si sigues mareada. No vayas al campo sólo para no perder la paga de hoy.

No hace caso. Me mira con esa cara de melodrama que conozco de memoria, bajando los párpados y abriendo tantito la boca. Para decirme sin palabras que ha llegado su hora. Lo siento debajo de mi piel. En mi corazón que se hace viejo. En mis huesos. Y es capaz de morirse sólo para probar que tiene razón. O de hacerse la moribunda para que le pida perdón segundos antes de volver de la muerte.

—Es bien intensa, ¿no? Y tiene ese *look* de artista que todos admiran por aquí. Y esa voz maravillosa. Lila Downs, le dice mi jefecita cuando canta sus canciones en el campo. Esos corridos y baladas que se te meten en la piel y te hacen tiritar y te dan escalofríos. Hasta cuando trabaja bajo el sol y levanta la mirada y te saluda a la distancia, se me figura como una actriz. Cuando se quita el sombrero y se pone una mano en la frente y sonríe. Mi jefa siempre lo dice. María podrá ser una trabajadora migrante con esos harapos del campo, pero es harina de otro costal.

Mi mamá se pone bien sentimental cuando aparecen los primeros síntomas. Cuando regresa al apartamento con náuseas, con un terrible dolor de cabeza, vomitando como si hubiera estado borracha por varios días. Me duele verla echada en la cama. Doblada por los retorcijones. Como un gatito accidentado.

Cuando se enferma así, me acomodo su cabeza en las piernas y le canto quedito, *Paloma negra*, *Luz de luna*, y otras canciones que le gustan.

—Ya te vas a poner bien, mamá —le digo, mientras paso mis dedos por su pelo. Pero me asusto cada vez. Se ve tan frágil con esas toxinas dentro del cuerpo que a veces me pregunto si de veras se va a morir y no lo acepto.

Me gustaría no tener que volver cada año. Que pudiéramos quedarnos en un solo lugar, lejos de estas plantas de tabaco. Como la gente normal, usted sabe, con una casa que pudiéramos decorar y amigos a los que veríamos todo el tiempo, sin tener que decirles adiós. Pero a fuerzas tenemos que mudarnos según la temporada de las cosechas. Nos vamos para el norte a recoger manzanas en el otoño. Y luego verduras de invierno, matas de hojas verdes. Y coles y repollos que crecen en pleno frío. Volvemos aquí cuando empieza a hacer calor. Cuando estos campos necesitan trabajadores para preparar la tierra, plantar las semillas y podar las plantas para que produzcan más hojas.

Silvia lo tiene fácil porque su papá es el encargado del rancho. El capataz, como le dice mi mamá con su actitud histriónica. Incluso toda esa gente que llega aquí en primavera y verano tiene más suerte que nosotras porque vuelven a casa al final de cada estación. Y los ves haciendo planes. El próximo mes nos vamos, dicen. No me voy a poner este vestido ahora porque quiero que esté nuevo cuando vuelva para celebrar mi quinceañera, me dijo una chica el otro día. Cuando volvamos a casa, la próxima semana, el próximo año... Esto es temporal, dicen algunos, vislumbrando la luz al final del túnel. Felices de volver a sus familias. Pero nosotras no tenemos un hogar propio. Ni muebles que son nuestros. Ni fotos en las paredes. Siempre estamos mudándonos. Mi mamá trabaja todo el año, aquí y allá, donde quiera que la contraten.

—Para mantener a la familia —me dice cuando me enfado con ella—. Para mandarle dinero a tu abuelita y ayudar a Chucho que estudia en Guanajuato. O a tu primo que quiere cruzar la frontera en un par de meses.

—¿Y nosotras qué? —me quejo—. ¿No deberías preocuparte primero por nosotras?

—Nosotras estamos bien —me responde, ignorando mis berrinches—. Tienes comida, un techo—insiste, como si fuera lo mejor que nos ha pasado en la vida. Como si vivir así fuera lo más normal del mundo.

Qué fácil decirlo así. Ella se puede pasar todo el día en el campo. Sola o con amigos. Recogiendo fresas y tomates. Piscando. Recolectando esas moras delicadas y los arándanos que se venden a precio de oro. No digo que trabajar en el campo sea fácil. Le duele la espalda todo el tiempo. Y las piernas y los talones de estar de pie todo el día. Pero al menos se siente libre allá afuera. Silbando alguna melodía. Cantando una canción de su tierra. Conversando con otros hombres y mujeres durante el almuerzo. Sentándose a la sombra de un árbol donde todos comparten los tacos de Lola, o los frijoles charros y el pan dulce de otra. O unos tamales humeantes preparados antes de comenzar la faena.

Yo siempre estoy atrasada en todas partes.

La mayoría de los maestros no dice nada, pero la Miss Gutiérrez me mira con desprecio. Como diciendo, aquí andas otra vez, Corina. La migrante. La rielera. La paseante. La viajera que no encaja ni aquí ni allá. Y en tu ausencia hemos cubierto todo este material. La mitad de las veces no sé ni lo que dice porque cada escuela es diferente. En Pennsylvania estábamos leyendo *The Bean Trees* y aquí la Miss Gutiérrez nos está haciendo leer esa historia de Manzanar que me pone los pelos de punta. Nos mira como si estuviéramos en un campo de concentración o en la cárcel. Como si nos hiciera un favor discutiendo un libro que *tal vez refleja nuestros propios problemas y dificultades*. ¿Qué quiere decirnos con eso? ¿De veras piensa que los estudiantes migrantes estamos encarcelados aquí? ¿Qué nuestros apartamentos y esta escuela y estos campos de tabaco son parte de un gran centro de detención?

Estoy harta de mudarme a cada rato. A veces, cuando vamos para el norte, están estudiando algo que ya cubrimos aquí. O cuando vuelvo, en esta escuela ya están en medio de una novela, y claro que la maestra no va a explicar la primera parte sólo para mí. La manera en que enseñan matemáticas allá en el norte es distinta, se lo juro. Y adonde quiera que vamos los maestros esperan que una se ponga al día así nomás. De volada. En dos segundos. Y cuando ya casi me emparejo, pero no del todo, es hora de acarrear nuestros tiliches. Para terminar en la Florida, tal vez, o en Virginia. O en los campos de Texas, incluso, si alguien de allá contrata a mi mamá por algunos meses.

Luis y Alex también van de un lugar a otro. Y esa niña, Tania. Y Esther Santos. Y varios otros que viajan todo el año. Somos los intrusos y ni siquiera tratamos de hacer amigos con los que están aquí todo el año. ¿Para qué, si de todos modos nos vamos a ir en un par de meses? Yo sólo confío en Silvia. Es la única amiga que he tenido desde que era chiquita, cuando empezamos a venir a este rancho.

—¿Has tratado de darle leche con manzanilla? Las mujeres aquí dicen que es milagrosa con los trabajadores que se enferman por el tabaco verde. Y yo les creo. Se la toman bien caliente y los alivia de inmediato.

—¿A poco crees en esos cuentos? ¿Cómo piensas que un vaso de leche tibia o un poco de manzanilla les va a quitar la nicotina que envenena sus cuerpos cuando cosechan las hojas de tabaco?

—Funciona, Corina. Búrlate todo lo que quieras. Pero deberías dárselo.

Mi mamá ha tomado ese té muchas veces, con leche tibia y otras infusiones que toma la gente para combatir la enfermedad. Hierba Luisa. Menta. Anís. Jengibre con miel. Pero esos menjunjes sólo la hacen vomitar más.

La asistenta del departamento de salud que visita el rancho al principio de cada cosecha dice que la leche y todas las otras infusiones de hierbas sólo hidratan a las personas que se ponen malas. Pero no disuelve la sustancia tóxica que invade sus cuerpos. Invisible. Sin olor alguno. Aunque yo siempre me la imagino como un monstruo verde que se extiende debajo de la piel. Con tentáculos capaz de envenenarnos.

Cómo quisiera que no tuviera que trabajar tanto, expuesta a esas plantas tóxicas que atacan cuando menos lo esperas. Pero volvemos año tras año. Como si nuestros cuerpos estuvieran adictos a estos campos. Por lo menos veo a Silvia, y su papá es bueno y siempre nos encuentra un apartamento decente. Nunca el mismo, pero sin cucarachas ni ratones. Nosotras lo agradecemos. Algunos de los lugares donde nos hemos quedado están llenos de moho y se caen a pedazos. Tienen goteras en los techos, estufas que no funcionan y baños comunitarios para ponerte a llorar.

Son bonitas esas matas verdes, cuando una las observa a la distancia. Con esas hojas enormes, preciosas. Me encanta cómo se miran, todas desafiantes cuando de pronto les salen esos tallos largos con botones que los trabajadores arrancan con sus manos desnudas. Para aumentar la producción de hojas, dicen. Para recordarles cuál es su misión.

Mi mamá no quiere verme cerca de ellas, sobre todo en las mañanas, cuando las hojas están mojadas. El agua activa la nicotina que traspasa la ropa y se te mete en la piel. Pero a veces me acerco a ellas cuando se oculta el sol y toco el dorso de sus hojas, suaves y aterciopeladas, y me pregunto cómo se convierten en el tabaco marrón que la gente fuma por aquí. ¿Cuál es su magia?, les pregunto, como si me pudieran oír. ¿Por qué envenenan a mi gente cuando les quitan las hojas?

—Dime que estoy chiflada, si quieres. Loca de atar, como me dice mi jefa, cuando está enfadada. Pero me encanta cómo huelen. Despiden un aroma cítrico en las mañanas, un olor a tierra por las tardes, sobre todo después de una buena lluvia. Y huelen a pasto, a hierba fresca, cuando el viento sopla de este lado.

—Pero son tóxicas, Silvia, y tú lo sabes.

—Mi jefe dice que uno de cada tres trabajadores, o uno de cada cuatro, se intoxica cada semana. Él hace lo posible por protegerlos, pero es difícil estar pendiente de todo el campo. Ellos saben que se pueden enfermar si no agarran las plantas con cuidado. Y aun así muchos regresan en cada estación porque el gringo paga bien.

Me pregunto qué pensará de nosotros, *Míster* Andrews. Si sabe lo difícil que es esta vida. Él maneja su troca blanca, inmensa, con las ventanas abiertas. Su esposa se acomoda a su derecha, feliz de estar viva, y sus hijos güeritos se sientan atrás, bien amarrados con el cinturón de seguridad. Tienen cinco y seis. O cinco y siete. El gringo sólo se comunica con el papá de Silvia y con ese hombre que supuestamente me cuidaría si se muere mi mamá. Mi padrino Matías. Los veo hablando cuando le cambia el aceite a la troca del patrón, cuando el gringo le trae algo que debe arreglar con sus manos cochinas. El resto de nosotros somos invisibles para él. Mano de obra barata. Trabajadores que no hablan su lengua. Totalmente reemplazables.

Cuando lo veo manejando por aquí, inspeccionando los campos a medio metro de nuestro nivel, me pregunto si las cosas serían diferentes si nunca nos hubiéramos ido. O si viviéramos en una de esas grandes haciendas que vemos en las telenovelas mexicanas y tuviéramos una casa enorme con empleados y muchos campos alrededor. Y caballos y establos. Y plantas de maguey gigantescas. Y un estanque con peces de colores que sólo los ricos pueden tener.

A mi mamá también le gustan esas telenovelas. Le encantaría ser la primera actriz que da órdenes y mangonea a todos los empleados. Linda y bien vestida con su traje de montar a caballo. Con un látigo en la mano. Y botas de cuero café. Y un sombrero elegante.

—¿Sabes que algunos de los trabajadores le dicen *La Gaviota* por aquí?

—Se parece a la Angélica Rivera. ¿No?

—Sí, Corina. Y a lo mejor un día de estos se casa con un actor como el Eduardo Yáñez y vivirás en una mansión con tu nuevo papi. Y si eso pasa me llamas, desgraciada, o me presento en tu puerta para sacarte en cara tus raíces nopaleras.

Tal vez la vida sería distinta si nunca nos hubiéramos ido, pienso cuando estoy sola, preparando la cena en el apartamento que huele a armario viejo. Olvidándome que nací de este lado, y que seguro mi mamá conoció a mi padre aquí, en alguno de estos campos.

Ella nunca habla de él. Y yo ya ni intento averiguar. Cuando era chiquita, ella me contaba cuentos de cómo se moría por ser mamá y le pidió a la Virgen María que le mandara una niña. Y yo le creía, por supuesto. Me decía que todas las familias son diferentes. Que la mayoría tiene una mamá y un papá, o sólo un papá, o una mamá. Y algunos niños viven con sus abuelitos y sus tías y sus tíos, decía, cuando los padres se tenían que marchar. Para buscar trabajo, mejores oportunidades en otras tierras, lejos del hogar.

Nosotras siempre hemos estados solas, Miss Díaz, lejos de los abuelos y tíos y primos a los que sólo he visto una o dos veces en la vida, cuando fuimos a México llenas de regalos y dinero con el que todos se pusieron a llorar. Aquí sólo estamos nosotras dos. Piscando tomates, cosechando berenjenas y hojas de espinaca, coliflor y acelgas de Carolina del Norte. Y esa *okra* que adora la gente del Sur.

—La cosechamos todas las semanas para vender en el Farmers Market, pero no la comemos. Mi jefa detesta su textura gomosa, sus semillitas blancas y su piel áspera. Somos pobres, dice, pero no comemos esa cosa.

—Porque aquí todos somos mexicanos. Que nos den arroz y frijoles. Ejotes, si quieres ser saludable. Nopales y cebollitas Cambray. Pico de gallo y todas las salsas de tomate que tú quieras, pero que no nos den *okra*, por favor.

Néstor vino a vernos el otro día y le aconsejó a mi mamá que se pusiera a fumar. Es bueno él. Lo conocemos desde hace años. Viene de un pueblito en Durango con un contrato especial que le permite trabajar en este país por unos meses. Seis o siete, yo creo, antes de regresarse con el dinerito que aquí junta para mantener a su familia durante el invierno.

—¿Y qué ejemplo le estaría dando a mi hija? —le contestó furiosa.

—Lo digo en serio, María. ¿Por qué crees que los hombres se enferman menos que las mujeres aquí? Es porque fumamos. La gente dice que ayuda tener la nicotina en tu cuerpo, y yo creo que es cierto.

Un patrón que tuve allá en Piedmont me dio ese consejo hace varios años. Ponte a fumar. Yo me he enfermado dos veces. Tres quizás desde entonces, sólo por no tener cuidado. Y fue bastante leve.

Debe haber algo de cierto en lo que dice. Por eso ves a tantos hombres fumando en la mañana, cuando tienen un descanso. Y por las noches, antes y después de cenar, como si estuvieran tomando su medicina. Religiosamente. Pero mi mamá no ha fumado en su vida, y no va a empezar ahora que tiene casi cuarenta y cinco.

—Si piensas que fumar es tan malo, ¿por qué trabajas para un rancho que cultiva la planta?

—Porque tengo que alimentarte —me contesta enojada—. Y yo no soy la que produce los cigarros ni tampoco los vendo.

Es curioso que diga eso. Desconectándose del tabaco que termina en los pulmones de aquellos que no pueden vivir sin él. Sin reparar en las cajetillas vacías que se apilan al lado de la basura semana tras semana. Con fotos de bebés prematuros y abortos, bocas destruidas por el cáncer, arterias atascadas, pulmones desechos y pies gangrenados. Con etiquetas agresivas que señalan con letras negras: "FUMAR MATA".

Otras veces, cuando está de buen ánimo y estamos viendo una película juntas, le digo que se vería muy sofisticada con un cigarro en la mano. Como María Félix o Dolores del Río. Bien elegante y mandona, como en las películas en blanco y negro.

Se ríe mi mamá. No se maquilla y parece una diva, mejor que cualquiera de esas actrices de telenovela, aunque su largo pelo negro ya se está poniendo blanco alrededor de las sienes. Mi primera actriz. Tan dramática y valiente. *La Gaviota* que añora estar cerca de la costa de Tamaulipas.

Ella se cubre bien con bolsas de basura por la mañana, cuando las hojas están mojadas. O justo después que los hombres rocían el campo con pesticidas. Pero cuando sale el sol, se las quita para no derretirse. Se pone pantalones y camisas de manga larga para no tener contacto directo con las plantas. Pero de vez en cuando algo pasa. A lo mejor se toca la frente, exhausta de tanto calor, o las hojas de tabaco le rozan las axilas, mojadas de tanto sudar todo el día. O no le da tiempo de cambiarse detrás de algún arbusto. Y la nicotina se le mete al cuerpo y se queda ahí por uno o dos días.

La asistenta del departamento de salud les aconseja usar ropa impermeable. Pero usted sabe que nuestros padres no pueden pagar esas camisetas que cuestan tanto. O esos pantalones de explorador americano. ¿Cómo cree que podríamos pagarlos viviendo con el sueldo mínimo? Y nunca los tienen cuando vamos a la tienda de segunda, ni en las bolsas que la gente deja en los changarros de ropa usada para que le reduzcan los impuestos a fin de año.

Tal vez la Miss Gutiérrez tiene razón, y este es un campo de internamiento para los trabajadores mexicanos y sus hijos pochos que luchan una guerra invisible.

Yo le agradezco que me quiera preparar para ir a la universidad. Con los exámenes estandarizados. Lo aprecio mucho, Miss Díaz, sobre todo porque la mayoría de los maestros nos ven como los chicos destinados a fracasar. Usted es una buena consejera. Pero ¿cómo le haría para pagarme los estudios? ¿Y cómo cree que abandonaría a mi mamá, solita en estos campos, cuando se ha sacrificado por mí toda la vida?

—Si algo me pasa —me previene, a punto de desmayarse— busca a tu padrino. Me lo debe. No tengas miedo de acercártele.

—Mamá, estás delirando. Él es un extraño para mí. Tú ni siquiera le has hablado en siglos, ¿y esperas que me ayude?

—Tú no lo entiendes porque eres joven y has crecido aquí. Pero nosotros somos mexicanos, *mija*. Cumplimos nuestras promesas. Y él es una buena persona debajo de esa coraza.

Yo veo a Matías cada vez que volvemos al rancho, trabajando cerca de la entrada, arreglando tractores y herramientas de todo tipo. Arados y rastrillos. Vagones.

Mi mamá lo ayudó con sus hijos cuando su esposa lo dejó por otro hombre. Guisó para sus niños, les lavó la ropa, y hasta se los entregó a sus abuelos cuando debió hacerlo. Eran buenos amigos, dice, y él aceptó ser mi padrino de primera comunión. Pero Matías quería otra cosa.

—Yo conozco esa historia. Lo que no me cuadra es por qué tu mamá piensa que él te ayudaría si ella lo rechazó.

—Porque no tenemos a nadie más, y supongo que ella quiere que yo acabe la escuela.

—¿Y si es tu padre, Corina?

—¿Lo dices en serio? Te burlas de mí por ver telenovelas, y ahora me sales con esta tarugada.

A lo mejor Silvia tiene razón. ¿Por qué si no insistiría mi mamá una y otra vez?

—Búscalo. Me lo debe —me implora cuando comienza a sentirse mal.

Pero yo no me parezco a ese hombre. No tengo sus ojos. Su tamaño. Su piel morena. Su pelo. He hecho mis cuentas a solas. No puede ser. ¿Y cómo podría ser mi padre si me mira de esa manera cada vez que camino cerca de él?

—Busca a Matías si algo me pasa —me repite cuando le doy paracetamol para el dolor de cabeza, o cuando la nicotina la tiene despierta toda la noche, como una pócima maligna que le quema las entrañas.

Yo no le digo que ese viejo me da miedo.

Sólo rezo para que se recupere pronto y se levante otra vez. A cantar en el campo que somos prisioneros en esta gran nación. Tarareando *La jaula de oro*. Silbando como un pájaro feliz, sin temer que el maldito alcaloide se meta debajo de su piel.

Yo no le cuento a mi mamá que Matías se relame los labios y me escudriña de pies a cabeza, cuando paso frente a él. Cuando lo encuentro solo, allá por el cobertizo de la entrada, acariciando sus herramientas con sus manos grasosas.

Sólo rezo compulsivamente con mis ojos fijos en la tierra y camino a toda velocidad. Rezo, Miss Díaz, para que nos mudemos a otra parte, aunque deje la escuela y tenga que trabajar de tiempo completo como otros niños en los *Unites*. Para quedarnos alguna vez en un solo lugar. En una casa propia que pudiéramos pintar y decorar con cortinas bonitas y macetas y cuadros para colgar. Lejos de estos campos y su veneno malvado, ese aroma cítrico que ha de matarnos a todos. Tarde o temprano.

LOS SUEÑOS DE LA RAZÓN

PROBÓ DE TODO. UN vaso de leche tibia antes de dormir. Té de valeriana. Pastillas de melatonina. Ansiolíticos. Y nada. Aplazaba la hora de irse a dormir para caer rendido en la cama y lo lograba. Pero a las tres de la mañana se despertaba inquieto, sudando frío, incapaz de conciliar el sueño.

—Lo que tienes que hacer, Mateo, es ir al médico. Deja de tomar esas tonterías y ponte en manos de un especialista.

Sibila tenía razón. Se pasaba los días cansado, bostezando por los rincones, de mal genio. Cerrando los ojos por diez, quince minutos, entre una y otra clase en la facultad.

—Te prometo que si sigo así a fin de mes voy a hacer una cita.

—Ya no sé si creerte, Mateo. Con el cuento de que le tienes alergia a los médicos, no haces nada al respecto. Todo te irrita. Se te olvidan las cosas. La semana pasada no llevaste a María a su clase de gimnasia. Y amaneces en el sofá, al lado del perro.

Tenía que hacer algo. No era posible que a sus cuarenta años tuviera el insomnio de un viejo. Que sufriera pesadillas todas las noches y se levantara gritando. Con sed. Con escalofríos y el corazón a todo galope.

—¿A qué se dedica?

No quiso decirle a su mujer que por fin había hecho una cita.

—Soy periodista —contestó a secas—. Dicto clases en la universidad.

—¿Y en qué se especializa?

—No puedo dormir —respondió ignorando la pregunta. Bastante hacía conversando de idioteces con otros padres cada vez que llevaba a su hija al parque como para perder el tiempo con este médico de greñas revueltas.

—He visto su expediente. Necesito que me cuente lo que hace, qué investiga, cómo pasa sus horas de ocio, para saber si eso le afecta el sueño.

Por eso no había querido ir antes. Sabía que en los veinte minutos de la consulta hurgarían en su vida para mandarlo a un loquero. Y eso sí que no. Ni de chiste se sentaría en un sofá para contarle su vida a un desconocido. Aunque llevara años en este país de terapias y ejercicios para nutrir la mente y el espíritu, seguía pensando, como su madre y toda su familia, que sólo los locos van al psiquiatra.

—Investigo disturbios civiles, manifestaciones, protestas en América Latina.

—¿Y tiene que viajar al lugar de los hechos?

—A veces. En vacaciones, en verano. Para entrevistar a otros periodistas o a los líderes de algún movimiento.

Habló con calma. No con la desesperación de un drogadicto que necesita con urgencia un suministro de medicinas.

Se quejó del exceso de trabajo. De sus largas horas frente a la computadora y del suplicio de corregir los ensayos de fin de curso. Vergonzosos, mal escritos, llenos de faltas ortográficas. Con pretensiones de cambiar el mundo de aquellos que no saben gobernarse.

—Le voy a recetar unas pastillas para que pueda dormir durante los próximos quince días —lo calmó el médico—. El tiempo suficiente para que haga una cita en nuestra unidad de trastornos del sueño. Si fuera algo reciente, no me preocuparía tanto, pero lo suyo es algo crónico.

—¿No me podría recetar esas pastillas por un par de meses? Estoy escribiendo un artículo y tengo trabajo acumulado. Dos defensas de tesis. Exámenes. Un viaje.

—Su salud es lo primero —le contestó agarrando el manubrio de la puerta—. Trate de no usar la computadora una hora antes de dormir. Evite la televisión por las noches. No mire el teléfono.

Qué fácil decirle todo eso. Así, de pasada. A los diecinueve minutos de haber entrado a la consulta. ¿A qué otra hora debía contestar sus mensajes, revisar algunas noticias, o sentarse a ver algo con su mujer? ¿A qué hora con una hija de cinco años que se despertaba de madrugada y no paraba de bailar hasta las tantas? Vestida de princesa, taconeando de arriba para abajo con zapatos y traje de flamenca. Pidiéndole que la sacara a montar en su bicicleta. O que se sentara a armar un castillo con ella.

Tuvo que contarle a Sibila de su visita a la clínica del sueño cuando le dijeron que pasaría una noche ahí, conectado a unos sensores, para analizar sus etapas de sueño, estudiar sus ronquidos, ver si tenía el síndrome de piernas inquietas, o si padecía de respiración interrumpida al quedarse dormido. Apnea.

Se puso el polo de manga larga, descolorido y deshilvanado por el cuello, con los pantalones estampados de bicicletas. Colocó su almohada en la cabecera y se sentó a esperar las indicaciones del personal médico.

—¿Es necesario que me ponga este sensor en la mandíbula? ¿Con este esparadrapo?

—Relájese, señor. Sólo así podemos tener un registro de todos sus movimientos. Para saber si aprieta el maxilar o rechina los dientes.

La enfermera siguió en lo suyo. Conectando los sensores de la nuca, la frente, el dedo índice y las piernas a una máquina. Tarareando una canción.

Había leído lo básico del sueño monitorizado, pero sería una tortura dormir con esos cables y parches por todo el cuerpo. O con esa cámara en la pared que grabaría cuántas veces se giraba a la derecha o la izquierda, si se despertaba cada tres segundos, sin darse cuenta.

Se acordó en ese instante que no había contestado el mensaje de una estudiante sobre el proyecto final. Que olvidó darle un beso a su hija antes de salir de casa. Que el pollo estaba descongelándose en el lavadero desde las cuatro de la tarde, y se iba a malograr si Sibila no lo guardaba en el refrigerador. Mierda. Había olvidado pagar el registro del carro y le cobrarían una multa. Otra vez. Por tener tantas cosas en la cabeza.

Se arrullaba así, repasando los pagos pendientes. La lista de los deberes. Antes de quedarse dormido, quiso manipular los sensores para que mandaran ondas equivocadas a la computadora, y pensó en el viaje a la frontera que haría a fin de mes para investigar el papel de las mujeres en diversas protestas.

—¿Usted recuerda sus sueños? Observe la grabación. Mire cuántas veces se despierta.

Era cierto lo que señalaba el Dr. Cowell con los ojos en la pantalla. Dormía intranquilo. Se tapaba la frente, peleaba con los puños en el aire, esquivaba golpes. Y lloraba. Desde las cuatro hasta las cinco y media estuvo despierto, pensando en otros menesteres, tomando agua. Hasta que se durmió otra vez y abrió los ojos a las siete de la mañana.

No recordaba nada con precisión. Sólo imágenes sueltas. Recurrentes. Una variación de aquello que investigaba por las mañanas. Mujeres con pancartas. Con cruces de color rosa. Con las fotos de sus hijas. Desaparecidas. O muertas. Él era el hermano, el padre, el policía. Encontraba restos humanos en un armario. El cuerpo de una niña en la tina. El cadáver de una mujer embarazada. Hematomas. Mutilados los pies. Atadas las manos.

—¿Eso sueñas? Dios mío, Mateo. ¿Y por qué no me lo has dicho? Cómo no vas a dormir mal de esa manera.

—Es mi trabajo, Sibila. Hay gente que deja sus preocupaciones en la oficina y yo sigo pensando en ellas.

—¿Y cuál es el remedio?

Intentó un poco de todo. Terapias conductuales. Sesiones con un especialista que lo obligó a quedarse dormido pensando en una playa solitaria. Corriendo con María al lado de las olas. O caminando con ella y Sibila por un sendero de árboles inmensos, junto a un riachuelo.

Decía que dormía mejor, pero no era cierto. Ni por todo el dinero que se gastaba en los tratamientos. Eso sí. Sonreía más frente a su mujer y sus estudiantes. Salía a pasear al perro todas las tardes. Hacía el esfuerzo de tirarse al suelo con su hija y le leía cuentos, muriéndose de sueño. Le contaba historias de cuando era pequeñita y juraban quererse con locura.

—¿De aquí hasta Perú, papi?

—De aquí hasta la luna.

Como último recurso acudió a un terapista interesado en descifrar sus sueños.

—No te vas a arrepentir, hermano —le aseguró su compañero colombiano. El único con el que tenía amistad—. Ese chino es un genio. A mí me ayudó a romper mis patrones de conducta, a entender por qué salía con las mismas mujeres. El chino te hipnotiza, te pone al derecho y al revés. Hazme caso, hermano. Vas a ver.

Le molestó que insistiera en conversar de su niñez. Le parecía absurdo perder una hora todas las semanas hablando del abandono del padre, de la relación conflictiva con su madre. ¿Qué tenía que ver eso con los cadáveres que se colaban en sus sueños? ¿Con los cuerpos mutilados y las niñas que desenterraba con las uñas, noche tras noche, sin poder resucitarlas?

—Todo está relacionado, Mateo. Tú has elegido esta profesión. ¿No te parece curioso que dediques horas interminables a documentar la violencia de género, las protestas de estas mujeres en el Perú, en México, y que no puedas hablar con tu madre más de cinco minutos por teléfono?

El chino estaba mal. Aunque Ortega hubiera tratado de convencerlo. Estaba equivocado. No era cierto.

Sabía que sus padres se habían separado cuando él era un niño. ¿Y qué? Si no se acordaba ni cómo llegaron a Brownsville, ¿qué importaba lo que había ocurrido al otro lado del río? ¿De qué ausencias le hablaba el médico chino? Nadie extraña lo que no tiene. Cuando aterrizaron en casa de los tíos, él tendría cinco, seis años a lo mucho, más o menos los mismos que su hija en el parque Humboldt. Su madre trabajaba todo el día y él se quedaba al cuidado de los parientes y amigos. Con la consigna de portarse bien, comer sus verduras y ser buen hijo.

Llevaba un rato pensando en las teorías junguianas del Dr. Chen cuando oyó los primeros gritos a varios metros del columpio donde estaba con su hija.

Un niño de escasos cuatro años había caído de lo más alto del tobogán y no reaccionaba.

—Llamen a una ambulancia —rogaba la madre—. Mi hijo no responde. Ayúdenme, por favor. Auxilio.

Cuando se acercó de la mano de María, los alaridos de terror eran sólo un murmullo de súplicas, un llanto quedito y oraciones desbocadas.

Quiso ser enfermero, salvavidas, paramédico. Revivir al niño. Llevárselo lejos. Pero no pudo hacerlo.

—¿Va a estar bien, papi?

Sintió de repente el corte veloz. Un tajo profundo en la tela de los sueños.

Entre el barullo de la gente, vio a su madre en el suelo. El rostro amoratado. Las costillas rotas. Un brazo dislocado. Oyó sus gritos despavoridos. También sus plegarias.

—¿Va a estar bien?

El cuerpecito comenzó a moverse. Primero los párpados, luego los dedos. Salvando a todos del susto mortal.

Quisiera no saberlo, coser con hilo y aguja esa telita que sigue rasgándose frente a él. Pero ya es muy tarde y se ve. Debajo de la cama, con las manitas en los oídos, juntando las rodillas al pecho. Apretando los ojos para dormirse otra vez.

—¿Qué tiene? ¿Qué le pasa, doctor?

Está en un cuarto de paredes blancas. Es él. Tiene sensores en el cuerpo. Su madre le besa la cara. Y él parpadea. Temiendo que su padre aparezca por la puerta y no le dé tiempo a correr. Que la agarre por el cuello. O a él.

El chino es un genio. Le duele saberlo. No hay nada qué hacer.

—Está así por el trauma que ha vivido —le explica un hombre mayor, de bata blanca, con un aparato colgado al cuello—. Lo bueno, señora, es que es muy pequeño. Los niños son supervivientes natos. Guerreros. Busque a su familia. Lléveselo lejos. El día de mañana no recordará nada de esto.

LOS COLUMPIOS

Cada generación los pinta
de un color distinto
(para realzar su infancia)
pero los deja como son

—Fabio Morábito, "Los columpios"

ME GUSTAN ESTOS AMANECERES fríos pero bañados de sol. Los árboles empiezan a llenarse de un verde bonito y hasta el parque parece pintado de otro color. Será por todos estos niños que se dejan venir después del invierno como pajaritos que salen del nido. Los que gateaban hace unos meses ya están andando, y los que apenas daban pasitos como patos ahora dan mucha guerra.

Eres nueva, ¿verdad? A leguas se ve que acabas de llegar. Aquí todas nos conocemos. Mi niña es esa güerita que corre por allá. ¿Cuántos años tiene la tuya? ¿Todavía lleva pañal? Aprovecha y quítaselo ahora que hace calor. Hazme caso. Aquí tienen la costumbre de entrenarlos cuando van a ir a la escuela. Con el cuento de que el niño avisa cuando está listo. Que es mejor no apurarlos. Que se pueden traumar. Puras tonterías. Ahí los ves. Grandulones y zurrados hasta la espalda. Ahora no te molesta, pero imagínate en un año.

Yo a la mía la entrené en una semana. Como era verano la tenía en calzones. Así aprenden. Como se sienten mojados, ya no les gusta y solitos te piden ir al baño. Ya no se pone pañal ni de noche. Ella misma se levanta, va corriendo al excusado y se regresa a dormir. La oigo porque mi cuarto está al lado, pero no me levanto. Hay que enseñarlas desde chiquitas.

Sus papás confían mucho en mí. Saben que tengo hijos grandes. Que sé de fiebres y gripas, de empachos y esas toses tan terribles que apenas se las quitan con un inhalador. Como los dos son doctores necesitan a alguien con experiencia como yo. ¿No te digo que hasta de noche me la dejan? Cuando tienen guardia, se tardan veinticuatro o treinta y seis horas en volver. Además el señor viaja mucho. Se lo llevan a dar pláticas a Francia o a Italia. O lo requieren en Tennessee para operar un hombro o cambiar una rodilla de titanio, como si allá no tuvieran doctores que puedan operar huesos quebrados. Decididamente es una eminencia, pienso yo. Pero es bien sencillo. Se llama Jack y no quiere que le diga doctor. Tampoco mi patrona. Al principio se me hacía raro llamarlos así. Toda confianzuda. Pero Lilly me dijo que así les debía hablar. Cuando está en casa se la pasa haciendo investigación. Tarda horas encerrada en su despacho con sus libros en el suelo, amontonados en el escritorio. Me tiene prohibido que le acomode su reguero de papeles. Lo único que hago cuando ella está de guardia es retirarle sus tazas de café y los platos que a veces deja en el suelo o en el sofá. Es ginecóloga. Investiga el desarrollo de las placentas que se desprenden antes de tiempo. Yo no sabía lo que era eso. Siempre me cuenta de los casos que salva. De todos esos niños que trae al mundo prematuros y que antes no hubieran tenido una oportunidad.

El otro día me quedé pensando en ti. Como no te vi aquí en los columpios pensé que a lo mejor se había enfermado tu niña. Sophie fue la primera en darse cuenta. Cada cinco minutos me andaba preguntando por Ellie. ¿Ya viene mi amiga? ¿Vamos a comer juntas? Ahí me tienes inventándole que tu niña se había ido de paseo con sus papás. En un tren de muchos vagones. Con la gente en los andenes diciéndoles adiós. Yo le hacía el cuento como si estuviera viendo una novela de época. De esas que me gustaban antes con Ana Colchero y Ernesto Laguardia. Tanto me estuvo preguntando por Ellie que cuando me metí en la cama, me quedé pensando. Si para una es difícil, para ella ha de ser más. Nosotras cruzamos como podemos. Venimos de Oaxaca. De Guerrero. Las hay también de Tamaulipas y Michoacán. Las de más lejos vienen de Honduras. Pero son muy pocas. Tú sí que vienes de otro mundo. Y ni modo que digas ya me cansé y mañana me regreso. Porque hasta para eso tienes que juntar una lana. No te vas a volver así, con las manos huérfanas.

Se me figura que ha de ser muy bonito tu país. Con sus montañas bien altas y esas ciudades que dices hechas de piedra maciza, sin nada de cemento. Nosotros también tenemos construcciones antiguas, pero como no las conozco no te puedo contar. Aquí he visto en los documentales que a veces ponen en el Once las pirámides del Sol y la Luna y unas fortalezas mayas al sur, casi frontera con Guatemala. Pero del mundo he visto poco. Como soy del Rancho La Luz, en la carretera que va a Dolores, de ahí en fuera no conozco nada. Cuando le pedí a una amiga de Guanajuato que me llevara unos pesos para mi familia, tuve que darle bien las señales. Le dices al chofer que te deje en la bajada del Choco. Te vas por un camino de terracería y a unos cien metros vas a ver una flecha con el nombre del rancho. Síguete de frente, pegada a las nopaleras y al ratito saldrán a recibirte los perros. Le conté hasta el color de la tierra y la disposición de las piedras para que no se perdiera. Y llegó. Con su fajo de billetes. Feliz de ver a mis viejitos y comerse unos frijoles de olla y unas tortillas de maíz que sólo hacen en mi tierra. Cuando quieras te vuelvo a llevar un dinero, me dijo contenta.

Qué bien que estés yendo a las clases de la nocturna. Yo también quisiera ir, pero ya me dirás tú a qué horas si me tienen cama adentro. Cuando Sophie se duerme lo único que hago es sentarme a ver la novela. Me gustan las turcas. ¿A ti también? Qué bonitas son, ¿verdad? Las mexicanas ya me hartaron. Siempre la misma historia. Y las brasileñas ya no las pasan. Con las turcas te juro que hasta lloro y me río a mis anchas. Aparte enseñan mucho de la vida. Dime tú si no es injusto que Karim esté preso, cuando los verdaderos violadores están en libertad. Lo bueno es que ya su esposa le está teniendo voluntad. ¿No viste el abrazo que se dieron en la cárcel? Se me puso la piel chinita de verlos tan felices.

Cuando la señora está en casa tengo un horario distinto. Por eso a veces me junto con Vero, la chaparrita, o con Lucero, la de los cuates de dos años que todavía no hablan. Nos vamos a cenar al Monterrey, y si hay mariachis nos ponemos a cantar como locas. *Me cansé de rogarle. Te pareces tanto a mí. Tres veces te engañé.* Son mis favoritas. Nos dicen las desafinadas, pero no nos importa. Al cabo que ahí sólo va la raza. Los peones que piden trabajo en la esquina de la Folsom.

Yo me metí de *nanny* para aprender. Me decía la señora con la que me quedé al principio que así aprendió inglés ella. Los niños te enseñan jugando y aprendes de inmediato. *Inglés sin barreras.* Sería en su tiempo. A mí me lo dijeron bien clarito los doctores. Con la niña nada de inglés. Puro español. Y ya ves que Sophie habla mejor que mis hijos. Eso sí: hay que hacerles caso hasta cuando no están. Si ven que el niño te habla en inglés, te corren. Así le pasó a Julisa, la que empuja a ese morenito en el columpio amarillo. La espiaron hablándole en inglés a la niña que cuidaba y a la semana siguiente ya no tenía trabajo. Yo por eso ni me arriesgo. Hasta los dibujos animados se los pongo en español. Los doctores son muy buenos conmigo, me tratan como familia. Pero son gringos. Luego te dicen con una sonrisita que lo sienten mucho pero que siempre no. Y yo tengo que mantener a mis chamacos.

Tú por lo menos no tienes hijos. Es muy feo pasarte días y noches cuidando chiquillos ajenos cuando tienes a los tuyos encargados en otra parte. A veces Sophie me llama "mamá". Pobrecita. Se confunde, aunque estoy prieta como mi suerte. Yo siempre la corrijo. No vaya a ser que a la doctora le entren celos. No, mi amor. Tu mamá está trabajando. Es una doctora muy inteligente, muy elegante. Se viste de blanco. Pero ella me insiste. Y a mí se me salen los lagrimones mientras la columpio. Porque pienso en mi Juan Carlos que cuando me ve se esconde entre las piernas de mi concuña. Como lo dejé chiquito para venirme a trabajar, casi no me conoce. Mi Yesenia que ya tiene nueve sí es más cariñosa. Corre y me abraza. Me cuenta de su escuela. De sus compañeritos y su maestra. Nunca me pide que me quede, pero cuando me despido después de dos días se le llenan sus ojitos de llanto.

Preferiría quedarme con ellos en ese pueblo de Merced. Pero sería morirnos de hambre. Si las casas que acaban de construir por la universidad están desamparadas. Y en el campo siempre prefieren a los hombres. Aun borrachos tienen más aguante. Por eso me vine cuando me avisaron de esta chamba. Le encargué mis criaturas a mi concuña

Antonia que es un alma de Dios. Sabe que el desgraciado de mi marido nos abandonó. Y ahora ni sus luces. Con lo que gano aquí con los doctores mantengo a mis hijos y a los de ella. Que son tres. Tampoco te creas que mi concuña es la beneficencia pública ni el *Welfare*. Lo malo es que están tan lejos. Me tardo más de tres horas en llegar. Y aquí me ocupan hasta domingos y feriados.

Tú que sabes cocinar, prepárale sus almuerzos, sus cenas. No le des la comida de los frascos esos que quién sabe qué tendrán. Cuando recién me contrataron me dijeron de este frasquito le das por las mañanas. De esta lata a mediodía y de esta otra por la noche. Como si fuera un gato. Yo desde el primer día le empecé a hacer mis comidas. Avena con manzana y cáscara de naranja. Sopita de fideos. Caldo de pollo. Consomés. Frijoles. Licuados. Para que no se enfadara la señora, abría los frascos en el fregadero. Así limpios se los ponía en el reciclaje. Ya después le dije la verdad y ella bien agradecida, claro, si se la cuido como si fuera mi hija. La vieras qué bien come sus quesadillas. Sus gorditas. Ofrécele un frasco de esos y no se lo come. Ni aunque le ruegues. Por eso cuando me voy le tengo que dejar a la señora comida preparada. El doctor se ríe al ver los topers que le dejo con frijoles charros, sopita de arroz, hasta milanesas caseras que no tienen nada que ver con los mentados *chicken nuggets*.

Yo así la tengo impuesta. Se sabe puras canciones de mi tierra. ¿No la has escuchado pronunciar *La Adelita*? Es un chiste mi güerita. Cuando la acuesto le leo un cuento y otro cuento y otro más. Le fascina el de un conejo que duerme en una cama inmensa y sueña que su vaca vuela por encima de la luna. Cuando me salto una página me dice que no, que falta una. Y si le cambio la historia me corrige y me aclara que no es de esa manera. Así nos la pasamos riéndonos hasta que le rezo su Padre Nuestro, la santiguo, y ella me dice que me quiere con esa vocecita que me desarma completa.

¿Cuántos niños habrán pasado por estos columpios? Si a diario vienen unos treinta, cuarenta, haz tus cálculos. Yo por eso no me encariño. Nosotras somos como estos columpios que van y vienen, que suben y bajan de aquí para allá. Los niños crecen y se olvidan de una. Vente nomás un sábado, un domingo, y verás que tengo razón. Ponte allá en la esquina y míralos felices como si nunca hubieras existido. *Mommy, Daddy*, gritan dichosos con el trinar de los columpios que siguen su marcha sin que los empuje una chacha.

Cuando están en edad de ir a la escuela, los papás te dicen *thank you very much* y se queda una chiflando como el gorrión. Por eso le digo a la doctora que tenga otro, que no todo es trabajo. Como que lo piensa, pero tiene mucho que investigar. Lo de las placentas es muy complicado. En vez de pegarse a la matriz por aquí, por acá, o por donde tú quieras, a veces se agarran a las paredes por aquí abajo. Es gravísimo. No sólo porque bloquea la salida de la criatura sino porque después de los seis meses, a medida que la matriz se ensancha, la placenta se desgarra y comienza a sangrar. Primero un poco. Después más. Hasta que se rompen las costuras del vientre y no hay quién pare el río de sangre. Se llama placenta previa y una vez que te pasa con un embarazo es muy probable que te vuelva a pasar con los otros. Más si ya tienes cuarenta años y se acerca tu fecha de vencimiento.

Yo creo que por eso no se anima la doctora. Sophie fue sietemesina y la tuvo ya grande. No parece prematura, ¿verdad? Estuvo no sé cuántos días en la incubadora. Ahora no lo notas, pero cuando me la dieron a cuidar era diminuta y en todo estaba más atrasada que los míos. Le tomó más tiempo darse la vuelta, sentarse, empezar a caminar. Pero a los dos años ya no se nota que nacieron antes. Mírala qué agilita. A veces pienso que se va a quebrar la cabeza de tanto brincar.

Anímese señora, le digo de vez en cuando. Seguro que no le vuelve a pasar. Haga su lucha. Para que Sophie tenga un hermanito. Luego me arrepiento porque veo que se entristece. Yo creo se siente mayor. O no se quiere desangrar. Por eso ando buscando por aquí, por allá. Si sabes de algo, avísame. Mejor si son recién nacidos. Para que me duren un poco más.

EL ÚLTIMO ZARPAZO

CUANDO VOLVIÓ DE LA calle horas después, Felipe comprobó con asombro y pavor que su mujer se había ido. Según el acuerdo, Julia se llevó la mitad de todo, más todo aquello que habían adquirido juntos para crear un hogar que le supiera a su tierra: los jarrones de talavera, la vajilla de Tlaquepaque, las alfombras oaxaqueñas, el comedor de ratán. También una estantería rústica, un armario señorial de bisagras oxidadas. El baúl que hacía las veces de mesa de centro y la cama nupcial donde perdieron todas las batallas iniciadas en busca de la felicidad.

—Si quieres quédate con la gata, pero Milagros se va conmigo. —Se lo dijo así, desafiante, sin una pizca de remordimiento. Buscando que se levantara del sofá y la samaqueara para pedirle a golpes que se fuera de una vez o se quedara.

No era justo. Había cedido en todo. Con la plusvalía de la casa. Los ahorros mancomunados. El coche que acababan de comprar el año pasado. Jugó entonces su última carta con la misma amabilidad que había fingido desde hacía tres meses para que le firmara los papeles del divorcio.

—No seas caprichosa. Piensa que lo mejor para ella es quedarse aquí. ¿Cómo la vas a meter a un apartamento tan reducido? Tú trabajas todo el día y ella está acostumbrada a correr por el monte. Aquí están sus amigos, el lago donde nos bañamos. El río. Deja de pensar en castigarme y hazlo por ella que está aterrorizada.

Fue inútil.

—Eres tú el que no quiere compartirla —lo retó con calculada dignidad.

Y hubiera cedido otra vez, si no fuera por el auxilio de la voz ancestral.

—No lo hagas, corazón. ¿Cómo vas a compartir la custodia? Deja de hacer el ridículo, hijo. Lo está haciendo para darte pena. Para que vuelvas con ella. ¿No te das cuenta que es una perra?

Le agarró la cabeza con las dos manos y se tiró al suelo con ella. Le susurró al oído que la querría siempre, aunque le vomitara el auto de camino al veterinario.

—Ven pronto— le dijo—. Ladrando como endemoniada y tumbándome a punta de lengüetazos.

Quiso morderla. Tener sus colmillos para despellejarla sin piedad. Pero se conformó con tirar un portazo y decirle con todas sus letras que se fuera a la mierda.

Solo entre los arañazos de la mudanza, pensó que le habían robado. No los muebles ni la tele. Ni el cuadro de los alcatraces que había dejado una silueta en la pared, sino algo más. Tan vaporoso como los ecos que lo sorprendían a cada paso. O el recuerdo inefable de la perra.

Se acostó en el suelo después de beberse unos mezcales con la intención de dormir un mes entero. Se agarró a una de las almohadas como si la abrazara. Y se dio varias vueltas en el piso de madera pensando que jugaban en la hierba, que Milagros fingía morderlo, mientras él le rascaba la panza, las orejas. Fue una ilusión pasajera. Soñando la buscó en un parque de perros, descalzo y en calzoncillos, rodeado de desconocidos que decían haberla visto con otra perra, escondida entre los pinos, hasta que lo despertaron los maullidos de la gata que había destrozado la mosquitera del dormitorio para forzar su ingreso.

Puta gata. Le dieron ganas de tirarla por la ventana. O acuchillarla. Soñó entonces que al agarrarla por el cogote se transformaba en su mujer y volvía a entrar otra vez. Entre golpes y zarpazos la metió en una funda. La arrastró por las escaleras con la intención de lisiarla. Cruzó al lago de enfrente y se dio el gusto de ahogarla.

Fue imposible deshacerse de ella. El mismo día que llegaron a casa con el camión de la mudanza la encontraron echada en la terraza. Y aunque trató de ahuyentarla, ella siguió ahí, desafiante, dispuesta a quedarse.

—Pobrecita, la habrán abandonado los otros dueños —suspiró Julia, buscando en él un poco de compasión.

—Ni se te ocurra darle comida —le recordó antes de irse al trabajo a la mañana siguiente. Y fue lo que hizo. Esa misma tarde le compró croquetas para gato y dos recipientes de cerámica para que comiera como una reina.

No le hizo gracia, pero dejó que Julia jugara a la casita con la gata y se sintiera menos sola en ese pueblo de inmensos árboles y montañas nevadas, donde ninguno tenía un alma.

A partir de entonces discutieron por la gata. Sus pelos grisáceos aparecían en la cama y él juraba que los sentía en los pulmones. Había destrozado el respaldo del sillón donde solía leer. Una lámpara tejida a croché. También las cortinas de la sala y la puerta de la entrada. Lo peor eran sus maullidos salvajes cuando él comenzaba a acariciarla. De noche. De madrugada. Y ella le suplicaba que dejara entrar a la gata.

—No te entiendo —le decía sentado al pie de la cama, abrazándose las rodillas huérfanas.

Ella le respondía con la mirada pálida, queriendo que se callara para refugiarse de nuevo en los brazos de la gata.

—No. No extraño a mi hermana.

—¿Y entonces? ¿Qué te pasa? ¿Qué te falta?

Prometía entenderla, le pedía que confiara. Y eso sólo aumentaba sus náuseas. El deseo de salir corriendo para enterrarse en la nieve y que nadie la encontrara.

—No puedo —le dijo—. Pero su hermana la convenció en dos patadas.

—Has estado esperando este momento desde que viniste. Tienes la oportunidad de quedarte con un hombre que te ofrece los papeles. Que te quiere. ¿Y me dices que no puedes? Ya ni la jodes, mana. ¿Tú sabes cómo crucé yo? ¿Lo que es la sed, que te suelten en el desierto y te digan que corras como loca? ¿Que te agaches o te descubran los helicópteros? Me tardé meses en cruzar y para hacerlo le entré a todo. También a eso. Hazlo por los papás que se empeñaron para conseguirte ese pasaporte y de milagro. ¿Ya no te acuerdas?

Claro que se acordaba. Fue lo primero que se les ocurrió para reanimarla. Mandarla al otro lado con Ignacia. Era un trapo sangrante cuando la encontraron en esa clínica. Se pasó meses sin hablar, sin querer comer ni salir al patio. Hasta la mandaron con su abuela a Tapalpa. Y nada.

—Mi niña se me muere, Anselmo —lloraba la madre.
Y el padre tocó todas las puertas hasta llegar a ese jacal donde descosían pasaportes y volvían a coserlos con visados auténticos.

—Una técnica a toda madre —le aseguró El Meco, lanzando a sus pies un escupitajo negro.

Hasta que las computadoras gabachas aprendieron a cotejar nombres, fechas de nacimiento, lugares de expedición, el número de cada visa, y el negocio se fue a la verga.

—No puedo —le dijo—. Pero al final pudo. Cuando entregó el pasaporte al oficial de inmigración estaba convencida de haber estudiado periodismo, de ser la autora de esas crónicas que pertenecían a otro nombre que memorizó a la perfección. El viaje a Los Angeles, explicó con voz firme, era para cubrir las nuevas propuestas antimigratorias para el diario donde trabajaba. Se lo dijo sin temor alguno. Serena. Acostumbrada a reportar en el ojo del huracán.

—Cásate conmigo, Julia —le dijo al escuchar que había entrado al país con un permiso humanitario porque venía de una zona de guerra. Donde aparecen muertas todos los días. Debajo de algún puente, en la regadera. En la maquila, le contó, una señora americana se hizo cargo de ella. Para tramitarle los papeles del ingreso como exiliada. Sin serlo, por supuesto. Un abogado llevaba su caso y su tía —así le decía— le había asegurado que en unos meses tendría su permiso de trabajo.

No le creyó ni un pelo. En cambio, lo conmovió la necesidad de legitimarse con cuentos imposibles que servían no tanto para protegerse de la migra como para crearse una casita de fantasía. Cosida a mano y con doble hilo. Como la que sus padres inventaron antes de tenerlo a él en el Memorial Hospital donde sus patitas gordas sellaron su legalidad en una partida de nacimiento. Quiso quererla. Tener muchos hijos con esa mujer de ojos secretos a la que había conocido hacía dos meses en la barra de La Fuente.

Le dijo que sí, ocultando su incomodidad cuando sus manos la tocaban y malograban el momento. Sus labios urgidos de afecto. Su torso cruel, enhiesto, tan contrario a la sonrisa infantil que prometía ampararla de todo mal.

—No te reconozco, chibolo —lo vacilaba Tomasito—. Lo único que te falta es que te pongas a tejer una chompa con tu hembrita. Era cierto. Lo había abandonado por estar con ella, viendo la telenovela. Interpretaba sus faltas de acrobacia como inexperiencia. Y le gustaba estar con una mujer así, inocente y modosita. Que lo redimiera.

Juntos soñaron con hacerse una casa de muñecas. De colores vivos y azulejos. Con muebles de mimbre y hierro forjado. Y una cocina con mucha luz para preparar moles en ollas de barro.

—Sólo a ti se te ocurre semejante idiotez, hijo. Ahora que te vas a mudar, que has conseguido un buen trabajo, te casas con una total desconocida.

—Yo la quiero, mamá.

—Una cosa es ser bueno y otra cosa es ser animal.

Tumbado en el suelo, con la gata a sus pies, se pregunta si la vieja tuvo razón. O si fue el exceso de trabajo, sus guardias constantes o la falta de un hijo. Nunca entendió la aberración que sentía a la intimidad y el deseo incompatible de ser madre y cuidar de un bebé. Visitaron médicos, probaron tratamientos. Pastillas. Inyecciones. Levantar las piernas y sostenerlas en el aire haciendo bicicleta para facilitar el pase del esperma. Dietas de tomate. Inseminaciones. Hasta se pusieron en manos de una curandera que la sobó con rabia para acomodarle la matriz, mientras le rezaba y la escupía con agua bendita.

—En dos meses —le dijo— quedas encinta muchachita. Ahora vete a menearlo todo lo que puedas. Y pídele a esta beata de la estampita que te lo conceda.

—Esas son huevadas. Mejor cómprale un perro —le aconsejó su amigo enfermero—. Aquí en el hospital los usan de terapia con los niños que tienen cáncer. Y de paso se olvidará de la gata. Yo sé lo que te digo.

La vio llorando tantas veces en la sala, en el umbral de la cocina. O en el baño, cuando comprobaba que los médicos y la sobadora la habían engañado, que no aguantó más y le hizo caso. Un perro, carajo. Un perro que los sacara de casa. Para acampar en las montañas o alquilar una cabaña donde se tomaran el café sentados viendo el paisaje, tapados los tres con una manta. Como en las películas que veían juntos cuando dejaban de pelear.

Se la regaló un catorce de febrero, a las cinco de la tarde, cuando afuera ya era de noche y nevaba sin parar. La gata fue la primera en atacarla y enseñarle con un par de rasguños quién mandaba en casa. Julia la miró de lejos con la misma distancia que a él, reclamándole que no le hubiera preguntado si quería una perra antes de adoptarla.

—Si me conocieras un poco —le dijo— sabrías que no los soporto. Ni su olor, ni su aliento nauseabundo.

—Milagros va a ser nuestra terapia —le respondió él. Riéndose de su gracia.

Nunca se acostumbró. Le fastidiaba su presencia, las pulgas que no tenía, las babas que le colgaban del hocico cada vez que tomaba agua. Su nariz eternamente mojada. Su afán de lamerla. Sólo cuando peleaban la sacaba de casa a tirones con la excusa de llevarla a caminar. Y entonces la odiaba más. Detestaba sus orines amarillentos en la nieve. Tener que recoger su mierda. Caliente.

Intentó dejarla en siete ocasiones distintas, cerca de algún aniversario, cuando confirmaba en silencio o en una pelea de perros y gatos que no tenía nada que celebrar, que se demoraba en el trabajo para huir del silencio sepulcral. Las miradas esquivas. Los reproches agónicos de una gata imposible de domar.

Siempre terminaban dándose otra oportunidad. La última y no más. Por ellos y la familia que iban a formar. Y él se consolaba con la perra. Le contaba del niño que había nacido en la maternidad con la espalda mal formada. De la joven que falleció de un cáncer uterino. O del esposo sordo que lloraba inconsolable en la sala de espera porque no había oído a su mujer cuando rodó por las escaleras. Con ella se fue de campamento dejando atrás a la gata y a su dueña. Y con ella aprendió a engañarla y a perdonarle sus rechazos. Porque así se perdonaba él por ella. Por esas aventuras que duraban lo justo. Con alguien del trabajo. En el gimnasio. O en los parques de árboles frondosos donde los perros jugaban sin collares ni cadenas mientras sus dueños se escondían entre el follaje y dejaban manchada la nieve o la tierra.

Él también era como ellos. Bien vestido y educado, pero un animal que sólo quiso echársela al plato, meditaba en sus horas de desvelo. Como el hombre asqueroso que la lamía mientras el otro le abría las nalgas. *Para que aprendas lo que es una verga.* Como el otro que la escupió en la cara. Por puta, porque no aflojaba. *Aquí vas a aprender a ser hembra. Para que no andes de sobrada.*

—No, por favor —imploraba.

Pero se la madrearon hasta dejarla inconsciente. Sin habla.

—Está viva de milagro —le dijeron a sus padres. La encontraron unos perros debajo de la basura.

Las malas lenguas sentenciaron que andaba en las andadas, como la piruja de su hermana.

—A las muchachas decentes eso no les pasa —escuchó por su ventana. Y maldijo a los putos perros que según la salvaron de la desgracia.

Aguantó hasta que le llegaron los papeles, cuando ya no tenía caso seguir intentándolo ni tampoco reclamarle los moretes que asomaban por debajo del cuello de la camisa. Los preservativos descubiertos en algún bolsillo. Las llamadas perdidas. Las salidas nocturnas con Milagros. Para llevarla a caminar. Cuando ella se sentaba a ver la novela y le pedía a todos sus santos que no volviera.

—Está bien —le dijo, sin hacer aspavientos. Poniendo fin a los años ingratos en que se tomaron fotos felices y aprendieron las manías de cada uno para pasar el examen de migración. El modo de tomar el café. Con mucha crema y sin azúcar. Los programas favoritos. Los paseos solitarios. Las rutinas del gimnasio—. Sólo dame la mitad que me corresponde —le exigió. Y él no puso resistencia, aunque hubiera podido sacarle en cara los recibos acumulados, los papeles y tratamientos.

Se dividieron los bienes en paz, como si estuvieran sellando una nueva relación matrimonial. Hasta el día que se fue la perra dejándole a la gata, sabiendo que tenía las tetillas rojas y alargadas, que comía a todas horas y dormía más de la cuenta. Porque estaba preñada de unas siete o seis semanas. Quién sabe de qué gato techero. Por andar en las andadas.

HELP WANTED

ELLOS CREEN QUE NO los oigo, pero yo sé lo que dicen. Cuando están lavando los platos o barriendo el piso por las noches, cuando el mercado está vacío y sólo estamos nosotros organizando los estantes, sacando la basura, limpiando todo para los del turno de la mañana.

Lina me dijo que sería diferente aquí en Estados Unidos. Que a nadie le importa tu apariencia, tus modales, o lo que te pongas encima. Será cierto en su caso. Porque es maestra y trabaja con gente educada. Con esos niños que cantan nuestras canciones y unos padres que le agradecen la enseñanza del español a sus hijos. Y le dan tarjetas de regalo y le preparan pasteles.

La jefa nunca me ha cuestionado, y siempre ha sido muy buena, respetuosa, desde el día en que entré al supermercado para dejarle mi solicitud. Es americana, claro, y no se le ocurriría ni de chiste hacerle una pregunta personal a ninguno de sus empleados. Todos tomamos clases sobre los derechos laborales, la buena conducta en el trabajo, la discriminación. Por eso no pueden decirme nada a la cara. Pero yo sé que hablan y murmuran de mí cuando me doy la vuelta, cuando me les acerco con una bandeja o una caja de verduras, con unos platos de papel, y me desvisten con los ojos, tratando de ver que hay adentro.

—No les hagas caso a esos idiotas, Lupe. Babosos. Seguro que son infelices con sus esposas y por eso te maltratan.

Lina siempre me consuela cuando me vengo abajo, cuando vuelvo a casa y me siento frente a la tele sin decir una palabra.

—Tenés razón. Todos ellos se mueren por este cuerpecito salvadoreño, cocinado a fuego lento en el corazón de Centroamérica. Pero saben que no estoy de oferta, menos cuando acomodan sus huevos asquerosos mientras me hablan, degenerados, como si me hiciera falta eso.

Podría ser peor, me repito por las mañanas, cuando empiezo a arreglarme. Afeitándome aquí y allá. Para quitarme estos pelos que se empeñan en seguir creciendo. Sin piedad.

Cuando el gobierno me concedió el asilo no lo pensé dos veces. No me importaron mis padres que se quedarían allá ni todos a los que rechazaron para venirse acá. Por falta de pruebas, decían. Por no tener la documentación en regla.

Lina me había hablado muchas veces de este lugar, y me pasé días y meses y años imaginando este pueblo de árboles inmensos con hojas que cambian de color en el otoño. En sus calles retorcidas que suben y bajan por ciertas colinas. Y en los negocios locales de la Weaver Street. La heladería con sus mecedoras en la acera. La pescadería que trae el mejor producto de la costa cada jueves. El salón de belleza en la esquina de Main y Lloyd, donde me decía Lina que podría arreglarme los colochos, sin mencionar jamás el precio que pagan estos americanos locos por un simple corte de cabello. Y el mercadito de los fines de semana y los apartamentos cerca del cementerio, humildes y bajitos, en comparación con las casas de los barrios adinerados, con sus yardas bien cuidadas y sus señoras de la limpieza que se presentan una o dos veces por semana. Y las chachas que cuidan a sus hijos.

Yo me veía trabajando en uno de esos barrios. Limpiando y cocinando para los doctores, profesores y abogados. Para los profesionales que no pueden cuidar a su familia porque están muy ocupados. Trabajando. Leyendo. Haciendo yoga y ejercicio. Otras veces, me imaginaba atendiendo en el Lantern, en el Elaine's de la Franklin, o en cualquier restaurante pipirisnais donde me dieran trabajo.

—¿Esa es la felicidad para vos, Lupe? ¿Querés servir a los americanos para que te miren por debajo del hombro?

Mi hermana Minga hizo todo lo que pudo por retenerme allá. Algunos días me daba lecciones de racismo y desigualdad, recordándome que a la hija de Don Lucho, que trabajaba como sirvienta indocumentada en Pasadena, la deportaron con las manos vacías, sin dejarle recoger sus pertenencias. O me decía que las maras salvadoreñas han hecho de Los

Angeles la sucursal del infierno, citando las noticias de los periódicos o de cualquier cosa que había visto en la tele.

—Pobre Ofelia. Ha de ser bien duro vivir allá, en Estados Unidos, sin poder ver a tu madre. Doña Rosa la justifica porque le manda dinero todos los meses. Pero podés ver la tristeza en sus ojos. Sabiendo que se morirá sola, sin su única hija. Sin ver crecer a sus nietos.

—Sos una exagerada, Minga. Tan teatrera —le decía antes de irme a la fábrica de zapatos.

—Sabés que tengo razón, Lupe. Ahora sólo pensás en vos. Pero los papás se están haciendo viejos. Se sacrificaron por nosotros, manteniéndonos a salvo durante la guerra. Y te vas a arrepentir si los abandonás por ese mundo que te parece mejor.

Después de un tiempo, ya no insistí en darle la contra. Le daba un beso en la frente sin explicarle por qué quería largarme del país.

¿Cuántas veces no había curado mis heridas? ¿Cuántas veces no me había recogido hecha mierda y desgarrada como un trapo por ser un culero afeminado? En el fondo, Minga sabía que debía irme si quería ser yo y seguir viva. Pero una parte de ella deseaba cambiarme, aunque no lo dijera de ese modo.

—Si por lo menos intentaras no ser tan obvio —me rogaba—. Si fueras más discreto, esos majes no te golpearían de esta manera.

Yo tenía cuidado con mis amistades y aventuras. Pero daba igual. En San Salvador la gente huele de lejos a los trolos. No importa que ensayés posturas masculinas frente al espejo para pasar desapercibida. Ponés la voz ronca, evitás mover las manos al hablar, saludás apretando bien el puño y caminás derechita para que nadie te descubra el culo de loca. Pero te olisquean a la distancia. Y corrés a toda velocidad. Lejos de cualquier problema, de unos bichos armados con plomo y cadenas. Y aun así te agarran. Al dar la vuelta en la esquina. Después del trabajo, cuando esperás el microbús. O cuando oscurece y saben que nadie impedirá que te hagan mierda.

—Las cosas van a cambiar ahora que han aprobado estas leyes —repetía mi hermana, toda optimista, año tras año. Pero ella y yo sabíamos que esos papeles son pura pantalla, redactados debido a alguna causa política que nada tenía que ver con nuestras luchas diarias.

—Aquí nadie te tocará un pelo —me asegura Lina cuando estoy melancólica y me acuerdo de los golpes, los insultos, todo lo que nos hacían a las locas en la patria.

Ella tiene razón. Este lugar es una burbujita liberal en el Sur conservador. El pueblo y la universidad que está al lado fueron construidos por esclavos, con dinero de las plantaciones, pero ahora las banderas gays adornan las esquinas. Y esos letreritos que nos aseguran que las vidas de los negros importan, que no hay humanos ilegales, y que la diversidad nos fortalece.

Ha de ser cierto para algunos. Para los blanquitos que se sientan aquí afuera y compran sus ensaladas orgánicas con brotes tiernos y sus salsas sin grasa, hechas con semilla de chía y miel local. Se sientan aquí enfrente, como si fueran dueños del mundo, con la ropa que les da su regalada gana. Los hombres se ponen unos pantaloncitos diminutos, de colorines, si se les antoja, y lucen barbas de todos los tamaños y aretes y uñas pintadas. Y las mujeres llevan camisetas deshilachadas sin brasier debajo. Y minifaldas que dejan ver sus piernas todas peludas, con tatuajes sofisticados.

Otros son más conservadores, claro. Estamos en el Sur, al fin y al cabo. Se ponen sus camisas bien planchadas, sus vestidos bien coquetos, sus tacones elegantes. Gente decente, pues, esposas y esposos ejemplares con niños perfectos y perritos hipoalergénicos que cuestan tres mil dólares, o más si te los entrenan para que se porten bien durante los primeros meses de vida.

Seguro que de cipotes firmaron un papelito para ser libres. Esta es su tierra, pienso yo, cuando recojo sus platos sucios y limpio sus mesas con toallitas desinfectantes. O cuando se chocan conmigo en alguno de los pasillos del mercado por estar distraídos, revisando el pronóstico del clima, mandando mensajes a sus amigos, y me dicen automáticamente que lo sienten y me piden disculpas, con todo respeto, sin siquiera verme. No les importa que esta Lupe parezca una mujer, aunque a lo mejor sigue siendo hombre. Una *trans lady*, con labial y unos aretes maravillosos, con pañuelos de seda a todas horas para esconder la nuez del cuello, y blusitas bordadas, orgullosa de su porte y delgadez. No les interesa. Están felices tomando sus cervezas artesanales, sus preciadas IPAs, dobles o triples, o esas otras chocolatosas, fermentadas en barricas de whisky americano que cuestan tres veces más que nuestras pobres Tecates y Coronas.

Nuestro mundo es otro. Aquí todo el servicio es latinoamericano. O latino, según la cajita que marcamos cuando entregamos las solicitudes de trabajo. Vivimos una realidad paralela y nuestros caminos casi nunca se cruzan. Escuchamos nuestra música en la cocina mientras preparamos sus alimentos todos los días. Hablamos una lengua matizada con dialecto mexicano, paranoia centroamericana y sonrisas andinas. Y nos da pavor todo lo que es diferente. Los hábitos sexuales que podrían corromper a la comunidad. Los culeros. Invertidos. Mariposas. Gente como yo, vaya, que recibió asilo gracias a un reporte de la policía donde se muestra a un pipián desfigurado por los golpes, otra vez, en las calles de San Salvador. Guadalupe Robles Beltrán, a quien sus padres, tan mayores, no pudieron salvar de esta y otras penqueadas porque en el fondo también creían que era su culpa. Por no encontrarse una novia, por insistir en ser diferente. Por Dios.

Cuando Lina volvió a casa para visitar a su familia hace unos años, me convenció de que debía largarme. Podía aspirar a tener una relación de verdad, no sólo los revolcones esporádicos con hombres solteros y casados que luego fingían no conocerme al pasearse con sus amigos y esposas a plena luz del día.

—Pensá en tu futuro, Lupe. Ahora es emocionante tener esas aventuras callejeras. Acostarte con alguien del trabajo por un par de horas, en un hotel de mala muerte. Y te encantá culiar con hombres en baños públicos, en los parques. Pero no vas a ser joven toda la vida, y pensá cómo te dejan esos majes cuando sienten que amenazás su masculinidad.

—¿Y cómo me iría? No creo que aguante la travesía por México, trepada encima de un tren de carga, para luego cruzar la frontera. ¿Quién me ayudaría?

—Te he ofrecido mi apoyo por años, Lupe. Vos sos familia para mí.

—Tu hermanita inocente, virgencita —le contestaba de inmediato, y las dos nos reíamos. Porque habíamos sido inseparables desde cipotas.

Lina y yo desde el inicio de todos los tiempos. Sentadas una al lado de la otra en el salón de clases, jugando voleibol con otras niñas a la hora del recreo, aunque los vatos se burlaran de mí por no jugar fútbol con ellos. Y nos encantaba soñar juntas. Sobre nuestro futuro lejos de casa. Ella sería doctora o científica, y yo me convertiría en una diseñadora, o en una modelo o en algo de alcurnia.

—Cabal, Lupe. Todavía podrías ir a la escuela y estudiar arte y diseño gráfico en los Estados Unidos. Tal vez en esa universidad de Chapel Hill. O en Raleigh. O donde vos querás. Como yo, cuando recién llegué allá y me fui a un *community college* y saqué mis credenciales para enseñar español.

Yo me reía cuando ella se emocionaba por esas cosas. Pero cuando andaba en la fábrica haciendo zapatos, me gustaba pensar que me convertía en una diseñadora importante. ¿Y si Lina tenía razón? ¿Y si me ponía a trabajar duro de sirvienta, lavando platos, y de pronto un día abría mi propia boutique en el centro? A la gran puta. En ese entonces yo me imaginaba que la calle Franklin era algo así como la Quinta Avenida, y que podría tener mis zapatos en una vitrina, con mi propia línea de ropa. Y de vez en cuando me aparecería en la tienda para que los clientes pudieran conocerme. Toda elegante, claro, luciendo alguno de mis últimos diseños.

Ay, Lupe, suspiro cuando me doy cuenta que llevo años aquí y nada salió como yo pensaba en aquel entonces. Cuando me miro los pantalones de trabajo y veo que aun llevo estos tenis horrorosos con las suelas siempre grasientas de tanto entrar a la cocina. Ay, Lupe, cargando bandejas, barriendo el piso, con el cuerpo adolorido de tanto estar de pie en mis turnos de trabajo. Cargando cajas de todo tipo, reciclando, limpiando inodoros y mirándome en el espejo, preguntándome si en verdad esta mierda es mejor que el mundo que dejé atrás.

—Claro que sí, Lupe. Con tus ahorros, ayudás a Minga a mantener a tus padres cada mes. Ella nunca podría hacerlo sola. Y como están las cosas allá, quién sabe si estarías viva.

Es verdad. La semana pasada vimos en la tele a una mujer trans golpeada por su amante. O por un grupo de hombres, según el dueño del hostal donde la encontraron muerta. Y el mes anterior violaron a un jovencito, dejándolo abandonado en un parque cerca de La Pacífica, con la palabra CULERO escrita en su cuerpo amoratado.

¿Casos aislados? Quién sabe. De vez en cuando un pipián debe pagar por el pecado de muchas mariposas. Por esos que se visten de mujer y se maquillan. Y por esos machitos que nos buscan cuando anochece, aunque nos odien después y eviten vernos a los ojos.

¿Si no por qué me dieron asilo? Lina me buscó el mejor abogado y al cabo de un año ya estaba yo aquí, lista para un nuevo comienzo, aunque hubiera pagado un alto precio. Quebrada y traumatizada pero dispuesta a protagonizar mi propio drama americano.

Cuando empecé a limpiar casas con dos amigas de Lina, les decía que yo era como la J. Lo en esa película *Maid in Manhattan*. Nos la pasábamos tan bien limpiando cocinas, tinas, ventanas, volando lengua sobre los dueños que pueden ser unos asquerosos.

—Mírala, pues. Trabajando en ese supermercado para gente bonita —me fastidiaban todas cuando conseguí el trabajo aquí.

—Ya no hablarás con la gentuza —me decía Mari.

—Vas a mirar con desprecio a estas viejas chancludas —la secundaba Ana María.

Estaban felices por mí, y por eso me hablaban así, sabiendo que era un logro laboral.

No me quejo. Las horas son buenas. La paga es decente y nos dan beneficios. Hasta pensión para retirarnos y tener una vida digna en el futuro, cuando seamos viejas, vaya. Pero no tengo la misma relación que tenía con las chicas cuando limpiábamos casas para la gente acomodada. Las mujeres aquí me tratan como una de ellas, yo creo. Me invitan a sus fiestas de cumpleaños, a su carne asada, pero me mirarían con recelo si me vieran tomando unas cervezas con sus maridos, aunque jamás lo dijeran.

Los hombres son más ofensivos. Estoy caminando por alguno de los pasillos, y escucho *joto, puñal, puto*. Yo ni me doy la vuelta para identificarlos. Podría ser Martín, el poblano. O Néstor, lanzándome un insulto detrás de los carros de la compra. O Julio, ese otro muchacho que canta *Querida* cada vez que paso por su lado, como si yo fuera la versión pupusera de Juan Gabriel. Yo nomás me alejo de sus risotadas a toda prisa para seguir ordenando los estantes, para retirar la fruta demasiado madura de las mesas o las verduras que ya no se ven bonitas para la clientela. Al principio me ponía a llorar en el baño de las mujeres porque nada había cambiado entre aquí y allá. En este país puedo hacer lo que me plazca, pero el prejuicio siempre está presente. Y la agresión, como un murmullo que aparece de la nada, o las miradas que tratan de rebajarme en todas partes. Los insultos han cambiado, la jerga, la frecuencia de los ataques, pero siguen ahí. Como espinas. Como cuchillos en mi pecho.

—No les hagás caso —me dice Lina para alegrarme. O me anima a decirle a la jefa que me acosan con esos nombres. Pero soy muy orgullosa o muy cobarde para hacerlo. Para reportarlos y hacer valer mis derechos ante la ley. Por lo menos aquí no me insultan de frente. No me esperan en el estacionamiento para cachimbiarme, o para meterme un plomazo.

Dejalos que hablen todo lo que quieran, repito, como me aconseja ella, mientras hacemos nuestras pupusas para la colecta de la escuela. Dejalos que murmuren hasta que se cansen de este cuerpecito rico que no pueden gozar.

Un día de estos las dos vamos a encontrar a alguien que valga la pena. Lina se muere por salir con ese tipo que recoge a su hija de la escuela. Hablan del progreso de la niña y de cómo ella está aprendiendo a hablar español como si fuera una de nosotras. Parece que él no le puede pedir una cita porque ella es maestra de su hija y eso aquí no se permite. Sería terrible para Lina si se entera la directora o alguno de esos padres chismosos. Pero el año escolar está a punto de acabar, y la niña tendrá otra maestra en segundo grado.

Lo vi una vez cuando estaba vendiendo mis pupusas en la escuela para ayudar con la colecta para el nuevo gimnasio. La mira todo enculado, como si fuera un jovencito enamorado por primera vez.

—Lina, yo creo que este vato te va a pedir casorio el mes entrante —la fastidio. Y ella se ríe.

—Vos no te quedás atrás, mosquita muerta —me contesta de inmediato—. Te derretís por ese camionero que trae los vegetales dos veces por semana.

— Callate, vos. Si apenas somos amigos —juego con ella.

Yo no sé si Lina se animará a salir con ese hombre guapo. Mark. O si terminaré saliendo con mi camionero. Es cierto que coqueteamos mucho. Y me aseguro de estar afuera cuando llega tocando el pito de su camión. Y me sonríe. Y me desarmo. El Jack tiene cuarenta y seis, es papá de dos hijos grandes y es ambidiestro desde muchacho. Alto y calvo. Como a mí me gustan. Con tatuajes en ambos brazos. Vivió en Guatemala por tres años cuando sirvió de voluntario para el Cuerpo de Paz, construyó casas para los pobres, afeitó las cabezas piojosas de los bichos y se dedicó a jugar fútbol con ellos, después de la escuela. Habla español como chapín, toma su ron Zacapa. Y Flor de Caña. Me manda mensajitos cursis al teléfono, y quiere algo serio con esta sexy guanaca.

Me pregunto qué dirían esos babosos si me paseara con mi novio, tomada de la mano. O si me sentara allá afuera con los clientes de siempre y me tomara esas cervezas caras y les pidiera que limpiaran nuestra mesa antes de comer. Me encantaría verles las caras, cerotes, sin saber dónde esconderse, con miedo a que los reporte si me maltratan una sola vez más.

Ya veremos cómo van las cosas después de este fin de semana. El Jack ha alquilado un lugarcito para nosotros en los Outer Banks. Muero por ver el mar otra vez y caminar por la arena, descalza, sin pensar en lo que pasará hoy o mañana. Como aquella vez que nuestros padres nos llevaron a la playa, cuando Lina y yo teníamos nueve o diez años, y nos olvidamos por un instante que el país estaba en guerra. Que lucharíamos por mucho tiempo. Con nuestros pobres cuerpos. Lejos de la tierra.

LAS MANOS DE PAPÁ

—¿DESPUÉS DE CUÁNTO VUELVES?

La muerte opera así. Desde lo insólito. ¿De qué otro modo se entiende mi arrebato de querer llegar a tiempo al velorio?

—Mejor ni te cuento —coqueteé por un instante con mi compañera de asiento, ensayando otra voz y un método que nunca fue mi fuerte. Era una joven pecosa de ojos dormilones y caderas amenazantes. Justo lo que necesitas cuando te quieres separar de tu pareja.

Qué distinto este viaje al primero realizado en dirección contraria, pensaba mientras consumíamos el vino barato que sirven en los vuelos internacionales, dejando que nuestras extremidades invadieran el espacio del otro. En un par de semanas llegaría su enamorado y juntos viajarían a la Ciudad Blanca, verían los volcanes, cruzarían en tren la cordillera. Hablaba de visitar las islas flotantes. Hacer el camino. Internarse en la selva.

Debí contarle en los primeros cinco minutos que iba al funeral de mi padre. Pero eso hubiera cambiado la dinámica. El pésame habría producido distancias incómodas el resto del vuelo.

No sé a qué hora me quedé dormido a su lado, pensando en la primera vez, cuando sólo los pasajeros podían entrar al aeropuerto con el pasaporte en la mano y un certificado médico que probara la ausencia del cólera. En la playa de estacionamiento y entre vendedores ambulantes que aprovechaban las nuevas reglas para hacer su agosto, ese día lloramos juntos cientos de extraños. Partíamos con un par de maletas. Algunas fotos. Un turrón de anís. O un panetón con frutas confitadas. Y guantes, mitones y mantas de alpaca para enfrentar lo desconocido.

Se sentía en el aire ácido la desesperación de la gente dispuesta a huir de un mundo abatido. Bombardeado hasta la médula.

—No olvides el consejo de tu abuela —insistió mi madre cuando nos despedimos—. Pisa con el pie derecho al bajarte del avión. En un mes estoy contigo.

Era una mentira piadosa. Si en tantos años no había conseguido un permiso de residencia, ¿cómo iba a hacerlo ahora?

Yo había nacido en Estados Unidos, y sólo por eso podía escapar en un vuelo directo. Iría a vivir a la casa de mi padre, mientras él tramitaba los papeles de mi madre y mi hermano menor. Lo conocía sólo de oídas, pero era peor quedarme. El sueldo que mamá ganaba de maestra a duras penas alcanzaba. Vivíamos de arrimados en casa de los abuelos. Pensando que el próximo atentado sería en nuestro edificio. Que me arrancarían los órganos para venderlos. Que seguirían subiendo los precios.

Nos despertamos poco antes de aterrizar, cuando encendieron las luces de la cabina para ofrecernos un desayuno ligero.

—Llámame —me dijo al momento de despedirnos—. Voy a estar aburrida estos días. —Y nos dimos un beso amistoso, rozando nuestros labios de pasada.

—Claro —le contesté, saboreando el peligro de mi promesa.

Pensé pasar desapercibido. Quería acercarme al féretro y ver que fuera cierto. Cuando imaginaba la escena, caminaba en cámara lenta al lugar del accidente, y lo hallaba entre las ruedas, con las tripas expuestas. Otras veces lo encontraba en la morgue con varios cadáveres en proceso de descomposición. O aparecía desangrado al pie de un basurero. En cualquiera de los casos, había memorizado un ajuste de cuentas para la hora final.

Mi madre me había descrito esa casa con tanta precisión que reconocí de inmediato la disposición de los muebles. La mesita del teléfono. El óleo de una mujer desnuda frente al espejo. Entre murmullos oía: *Es él. ¿Quién? El hijo. Increíble que haya venido. ¿Por qué? Son idénticos, míralo.* Alguien me tomó del brazo como si me conociera y me dejé guiar entre la gente que parecía multiplicarse y reducir el hogar.

Estaba sentada frente al ataúd, conversando con otra mujer mayor. En el vuelo de ocho horas no había tenido tiempo de imaginar cómo estaría ahora. Pero era ella. Con un ojo más cerrado que el otro y el pelo teñido de dos colores. Se levantó y se puso a llorar en mi pecho.

—Ya dejó de sufrir. Se nos fue, hijo —gemía mi avejentada madrastra. Y yo sólo pensaba que me estaba dejando sus mocos en el abrigo de lana, sin saber cómo apartarla.

Intenté decir algo, pero no pude. A su izquierda lloraban dos gorditas con escotes inapropiados para un velorio. Tenían algo de mí, pero en versión vulgar. Los pelos agitados para darse volumen. Los labios fosforescentes. Las caras pintarrajeadas en exceso como si las hubieran maquillado gratis en el centro comercial. La más alta tenía las cejas tatuadas. La otra no dejaba de acomodarse el brillante nasal que empezaba a molestarle de tanto moquear.

Increíble que esas dos fueran mis hermanas. Eran tan distintas cuando yo las cuidaba. La pequeña llevaba pañal y la otra vestía a sus muñecas, jugaba a la casita. Yo hubiera querido ir al colegio en un autobús amarillo, con ropa de calle, como en las películas. Pero él se había matado trabajando en un taller de mecánica, en la construcción. *¿Qué te crees tú? ¿Qué has venido de turista? ¿Qué venías a pasear?* Por eso las cuidaba. Desde las seis de la mañana, cuando se iban a trabajar en la lonchera que habían alquilado, hasta las siete de la noche.

—Te pareces tanto a él —me dijo la tatuada, abrazándome como si de veras nos hubiéramos querido durante los quince meses en los que le limpié el culo, comiéndome mis lágrimas, temiendo que al menor descuido acabara conmigo. A golpes. Como los que recibía su mujer en la otra habitación, cuando las niñas ya dormían y a mí me estallaba la sangre. De pensar que entraría otra vez y destrozaría con sus puños las paredes, los muebles, nuestros cuerpos tendidos en el catre.

—Sólo a ti se te ocurre venir al velorio de esa lacra, hijo. Tu hermano ni siquiera se lo hubiera planteado.

Tenía razón la tía Elisa. Mi hermano lo detestaba profundamente, aunque jamás lo hubiera gozado como yo. Y tal vez por eso mismo había sentido la necesidad de montarme en ese avión. Debía hacerlo, le expliqué esa noche a la tía, mientras me acomodaba en el cuartito de la plancha, donde tenía colgadas mis fotos con el uniforme de la pizzería, un viejo retrato de mi madre, mi diploma de graduación.

—Y esos vuelos tan largos, hijo. Seguro que ni has dormido. Llama a tu mujer y descansa.

Hablamos casi una hora, con la ilusión inédita de dos adolescentes. Tendido sobre la cama, con la luz apagada, la escuchaba contarme del recibimiento de sus padres, a quienes yo había visto de lejos en el aeropuerto. Del flojonazo de su hermano que no había querido madrugar para ir hasta el Callao. De las amigas que no habían dejado de llamarla para que les contara de su trabajo en el banco.

De mi día turbulento sólo compartí con Vanessa mis conversaciones con la tía Elisa, cuyos recuerdos me obligaban a desempolvar memorias que yo daba por muertas.

—¿No te acuerdas cuando eras chiquito y le decías a tu mamá que el mal nacido ese le había pegado? Hablabas tan bien. Le levantabas la falda para enseñar sus moretones. Y ella te llamaba la atención. Que nos dejaras desayunar y te fueras a jugar con tus primos. ¿No te acuerdas? Tendrías tres, cuatro años a lo mucho. Sí te acuerdas. Nos contabas aquí al lado de la mesa. Con puntos y comas. Como un viejo.

No me acordaba de eso, pero sí de lo que contaban los tíos a la hora del almuerzo. El día que le destrozó la guitarra en la cabeza a uno de sus compañeros por escribirle una carta a su enamorada. O cuando ella tuvo que ir a un entierro con lentes ahumados para cubrir su afrenta.

Cuando nos encontramos en el aeropuerto me dijo que ya no usaba anillos. Casi pierde la mano en una compresora industrial y la salvaron de milagro. Como no supe qué decir, puse las mías junto a las suyas.

—Son idénticas —reconoció con cierto orgullo—. El sello de mi familia. Los mismos nudos. Los dedos troncosos. Hasta la forma de las uñas.

—Tienes manos de artista —me dijo al día siguiente, entrelazando sus dedos con los míos después de acostarnos en un hostal con vista a los acantilados.

Prefería que fueran de artista y no las de papá. No esas manos veloces que aterrizaban en mi piel. Por quemar la carne que costaba un dineral. Por echarme para atrás y romper la pared con la mecedora. O por cortarme el pelo con las tijeras de la cocina, sin pedirle permiso.

Prefería que fueran de artista, aunque sólo supiera amasar panes y hacer pizzas. Y no las que tiraban portazos en casa cada vez que las cosas salían mal. Cuando me acordaba que me había jodido la vida. O que ya no la quería, pero no encontraba la forma de dejarla. Porque entonces sería cierto lo que él me decía. Que mi cuerpo maltrecho no valía un carajo. Ni haría feliz a una hembra.

No sé cómo me atreví. Guardaba en el forro de mi mochila una libreta diminuta con los números de amigos y familiares en varios puntos del país. En Wisconsin, en Miami, en Texas. Eran números de emergencia. El dinero de mi madre lo perdí casi al llegar. Primero a las buenas. Porque le iban a quitar su auto si no pagaba las mensualidades. Después a las malas, cuando le recordé que me ganaba el techo y la comida cuidando a mis hermanas. Perdí todo. Las ganas. El hambre. La visión del ojo izquierdo. Menos la libreta. Y aprovechando que estaban recién bañadas y dormidas, aposté por el número que me pareció más cerca.

Los siguientes días fueron un largo paréntesis en el tiempo. Nos quisimos como locos. Caminamos por el malecón tomados de la mano. Pedimos deseos en el Puente de los Suspiros y nos compramos pulseras iguales para no olvidarnos. No hablamos del futuro cada vez más próximo. Ni del pasado. Intuí que llevaba unos meses con el americano al que había conocido en un concierto. Pero nos ahorramos las preguntas. Le conté que mis padres habían muerto. Que me criaron unos tíos en el Sur de California. Que tenía un negocio con mi hermano.

Tendido en el cajón parecía más pequeño de lo que yo lo recordaba. Había vuelto para morir en su tierra. En la casa donde nació. La morfina poco había hecho para ayudarlo a sobrellevar su dolor pancreático. De su gordura sólo quedaban unos pellejos flácidos. Era un anciano dulce de bigotes amarillentos, con dos manitas torcidas sobre el pecho.

Quise llorar y no pude. Sabía de memoria todo lo que le reclamaría. Y en cambio me puse a pensar que debía dejarla. Aunque me hubiera prestado el dinero para comprar la pizzería. Aunque quisiéramos viajar por el mundo. Tener un yate. Irnos de pesca. Buscaba excusas para no acompañarla a ver a su familia. Llegaba tarde. Era más feliz preparando las masas, acercándome a las mesas, invitando un vino a mis clientes favoritos, como hacían mis patrones italianos cuando yo era chico.

—¿Y ahora qué hacemos? —me preguntó ella la última noche que estuvimos juntos, acurrucados debajo de la frazada para protegernos del invierno.

—Desearnos un buen viaje —le contesté con mis manos de artista, sin darle las gracias por esos días de descubrimiento.

Y cuando empezaron los discursos de lo bueno que había sido con ella, tan buen padre, el mejor de los amigos, un gran hijo, salí sin despedirme, mirando por última vez sus manos tiesas. Esta vez no le dejé una carta en la mesa del comedor, dictada por la prima que me rescató. Amenazándolo con denunciarlo por haber abusado de un menor. Salí despacio, con los hombros hacia atrás y la cabeza en alto. Como a mi vieja le hubiera gustado verme de grande, si no la hubiera consumido el cáncer al poco tiempo de despedirnos en el estacionamiento. Dejé a mis hermanas encargadas con la vecina del 202. La señora Magdalena que reconocía las manos de papá cuando yo alzaba los brazos para columpiarlas. O cuando una de las niñas me quitaba la gorra y descubría hematomas que yo negaba o explicaba como otra caída, un tropiezo en la cocina.

—Ahora no mires atrás. Sé fuerte y no llores —me dijo antes de cruzar esa puerta.

No había tiempo que perder. Tenía los minutos contados antes de que sus manos me tumbaran al suelo con fuerza. Puse primero el pie derecho, luego el izquierdo. Ensayando mis primeros pasos, aunque me temblaran las piernas.

Agradecimientos

Una primera versión de este libro se publicó como *Las locas ilusiones y otros relatos de migración* (Axiara, 2020), cuando recibí el Primer Premio de Testimonio de la Feria Internacional del Libro Latino y Latinoamericano en Tufts University, en el 2020.

Escribí en inglés "Mala hierba", "Un traguito de Benadryl", "Debajo de mi piel" y "Help Wanted". Mil gracias Sarah Blanton, Rebecca Garonzik y Adrienne Erazo por leer y comentar mis primeros borradores, y mil gracias Sarah Pollack por revisarlos para esta colección. Traducirme al español ha sido una aventura deliciosa, buscando las palabras precisas, las equivalencias más cercanas a todo aquello que alguna vez soñé en mi segunda lengua. El resto de los cuentos fueron escritos en español y traducidos al inglés por Sarah Pollack, cuyas sensibles creaciones me han regalado otra vida.

"La última frontera" se publicó en *Chiricú Journal: Latina/o Literatures, Arts, and Cultures* (Vol. 2, Núm. 2, Primavera 2018). Escribí "A Sip of Benadryl" para la tertulia "Writers for Migrant Justice", que tuvo lugar en Scuppernong Books, en Greensboro, Carolina del Norte, el 4 de septiembre del 2019. Estoy en deuda con Emilia Phillips y Claudia Cabello por invitarme ese día a leer este cuento, que luego se publicó en *Label Me Latina/o* (Primavera 2020, Vol. 10), gracias a su editora, Michele Shaul.

"El hombre y el mal" apareció en el libro *Mirando al sur, antología desde el exilio: narrativa, poesía y ensayo*, editado por Hemil García Linares (Fairfax: Editorial Raíces Latinas, 2019). "Assisted Living" fue incluido en la antología *Cuentos de ida y vuelta: 17 narradores peruanos en Estados Unidos*, editada por Luis Hernán Castañeda y Carlos Villacorta (Lima: Peisa, 2019). Y "El último zarpazo" se publicó en *Latin American Literature Today* (Núm. 10, 2019). Sarah Pollack tradujo "Los columpios" ("The Swings") para *Asymptote* (13 abril 2021) y "Las locas ilusiones" ("Dreams in Times of War") para *Literal: Latin American Voices* (17 octubre 2022).

AGRADECIMIENTOS

Escribí "Under My Skin" ("Debajo de mi piel") en la primavera del 2021, bajo los auspicios del Institute for the Arts and Humanities, en UNC Chapel Hill. Tim Marr, nuestro director en aquel entonces, me dio la idea de escribir un cuento sobre una enfermedad peculiar ocasionada por el contacto con el "tabaco verde" y de inmediato comencé a investigar sobre los latinos que cultivan esas hojas en los campos de Carolina del Norte. El cuento fue finalista del Doris Betts Fiction Prize y se publicó en el *North Carolina Literary Review* en el otoño del 2022.

Agradezco a los editores de estas revistas y libros el permiso para reunir mis relatos en este volumen bilingüe, *Dreams in Times of War/ Soñar en tiempos de guerra*, que ahora aparece en su versión definitiva. Mil gracias a todo el equipo de University of New Mexico Press, especialmente a nuestro editor, Santiago Vaquera-Vázquez. Por tantas complicidades literarias. Por los muchos caminos compartidos en este mundo de las letras. En la Ciudad de México y en Mérida, en Santa Barbara. En Chapel Hill, New York y Guadalajara.

Estos cuentos son míos, pero también de todos los que han realizado travesías similares, con el alma pendiente de un hilo y la esperanza de llegar a otros mundos.